裕時悠示
story by YujiYuji
絵＝成海七海
illust:Nanami Narumi
JN131475
北海道
高3で免許を取った。
可愛くない後輩と
夏旅するハメになった。
WE ARE ON A JOURNEY
NOW IN A SMALL CAR

次のガソリンスタンドがある角を、右です

鮎川あやり

風紀委員を務める1年生。遅刻常習犯である廉太郎になにかと絡んでくる。

よしきた
沢北廉太郎
高校３年生。
学生生活最後の夏休みに「自由な旅」をすべく免許を取得した。

こんにちは

せんぱい
強烈な陽射しのなかにあってなお、
彼女だけ光輝いて見えた。

──わあっ
ほらあそこ

海原を行く二つの影が
僕らを導くみたいに泳いでいく。

CONTENTS
[目次]

NATSUTABI
WE ARE ON A JOURNEY NOW
IN A SMALL CAR

高3で免許を取った。可愛くない後輩と夏旅するハメになった。

裕時悠示

カバー・口絵　本文イラスト
成海七海

亡き父に捧ぐ。

PROLOGUE.

NATSUTABI

WE ARE ON A JOURNEY NOW
IN A SMALL CAR

6

それは、免許を取って浮かれていた翌日のことである。


「あっ」

「げっ」


夕飯の買い物客で混み合うスーパーの駐車場にクルマを停めた直後、すぐ横の並木道を歩いてきた制服姿の女子と目があった。

うなじの長さの銀髪が、夕方の涼しい風に揺れている。

こんな目立つ髪色をした女は、僕の知る限りひとりしかいない。

僕より二つ下の、一年生。

風紀委員・鮎川(あゆかわ)あやり。

「沢北(さわきた)せんぱい。免許とったんですか？」

運転席の僕を、後輩の冷たい目が見つめる。

学校の男どもが「くりっとした可愛(かわい)い目」とか言っていたが、僕に言わせれば「ぎろっとした冷たい目」。「オーロラのような銀髪」は、僕からすれば「アルミホイルみたいなギンギラ髪」。

「近くに行くとすっげえいい匂(にお)いするんだよなー」とのことであるが、それはきっと、おはようからお休みまで暮らしを見つめる企業の回し者なのだろう。おまけにスタイルは不健康極(きわ)ま

りなく、針金みたいな手足が棒きれのような胴体から生えている。前に「やじろべえ」と呼んでやったら、怖い顔でにらまれた。「わたしはあんな太ってません」。そっちじゃねえよ。

こんな女が何故かモテまくってるというのだから――。

もう終わりだよ、うちの学校。

「……せんぱい。何か失礼なこと考えてるでしょう?」

「いや、別に」

意地の悪い検察官、あるいは地獄の沙汰を下す閻魔大王の表情である。

ともかく、この状況はまずい。

よりにもよって、こいつに見つかるなんて。

「あー、その。これはだな……」

どうにか誤魔化せないかと考えを巡らせる。母親の買い物を待ってるあいだ、運転席にちょっと座ってみただけ――いや、無理だ。エンジンを切るところまでばっちり見られている。そもそも、仕事中の母さんがここにワープしてくるはずもない。詰んでる。

「……そうだよ。免許、取ったんだ」

「校則違反ですね」

「法律違反はしてない」

「そういえば、せんぱいはもう十八でしたか」

後輩は、「ン」とくちびるに人差し指をあてる。

考えるときのクセなのだ。

以前「おしゃぶりでちゅかー？」とおちょくってやったところ、トイレ掃除一週間の刑に処された。人の心がないのかよ。

「普通免許って、取得に二ヶ月近くかかりますよね？　せんぱいのお誕生日はひと月前では？」

「教習は誕生日の二ヶ月前から受けられるんだよ！」

「なるほど。しかし、校則違反には変わりません」

「……」

まずい。

このままでは僕の「夢」が露と消えてしまう。

「なあ、後輩よ」

「言い訳なら聞きませんよ。……なんでしょう？」

「免許っていうのは、なんだと思う？」

後輩は小さく首を傾げた。

「なんだもなにも、クルマを運転してもいいという許可証、身分証でしょう？」

僕は大げさにため息をついてみせる。

「わかってないなあ」

「はあ」

「免許っていうのはな、自由の翼なんだ」

「はあ？」

超がつくほどの呆れ顔をされた。

……めげずに続けよう。

「これを持っているだけで、僕たちは翼を手に入れる。どこにだって羽ばたける。こんな八王子のド田舎にとどまらず、別世界へ飛んでいける。そう、免許とは自由！　自由の翼！　雄々しく羽ばたく男の翼！　こづかいピンチで中古屋に漫画やゲーム売る時に見せるためのものじゃないいんだ！　わかるか後輩！」

「このクルマ、飛ぶんですか？」

ぴかぴかに磨いてある右ボディを、後輩はくそ真面目に見つめた。いや翼は生えねえよ。

「飛ぶというの比喩だ！　漢のロマンがわからないのか⁉」

「あいにく、女ですので」

……むう。

なんという冷酷。

さすが「雪女」と呼ばれてるだけのことはある。呼んでるの、僕だけだけど。

後輩の無駄につぶらな目が、すっと細くなった。

「こんな時だけわかってもらおうなんて、虫がよすぎるんじゃないですか?」

「あ?」

「いつもわたしのことを嫌ってるくせに。『季節はずれの雪女』だの『小言3mmガトリング砲』だの、変なあだ名をつけられますし」

「う、うるさいな! 勢いだよ勢い!」

「『イキリアルミホイル』とか呼ばれたこともありましたね。いったい、わたしに何を包み焼けというのでしょうか」

細い眉毛がかすかにひくついている。その時のことをよほど腹に据えかねているらしい。よし、今度また呼ぼう。

「言っておくけど、お前が先にケンカ売ってきたんだからな」

「は? ……は?」

「お前が僕のことを目の仇にするから、僕もケンカ腰になるんだ。一番初めに敵対してきたのはそっちだってこと、忘れるなよな」

後輩はきっぱり首を横に振った。

「いいえそっちが先です」

「いーや、お前だ」

「せんぱいです」

「お前ですぅ〜！」

「せんぱいですぅ〜！　……いえ、せんぱいだと思います」

ムキになりかけたくせに、わざわざ言い直すところが、本当に可愛くない。

スーパーの駐車場で罵り合う僕たちを、買い物袋を提げたおばちゃんたちがしげしげ眺めていく。まったくいい見世物だ。

——と、まぁ。

この後輩とは、顔を合わせりゃこんな風に「子供のケンカ」になる。

それが僕らの関係だった。

「お兄ちゃん？　どうしたのー？」

声に振り向けば、塾のリュックサックを背負った妹が立っていた。

子犬みたいな目を好奇心に見開いて、短いツインテールをふりふり揺らしながら、僕と後輩のあいだで視線を行き来させている。

「おかえり。早かったな？」

「うん。テストがはやくおわったの！」

後輩がぽかんと口を開けた。

「せんぱいの妹さん、ですか?」

「はい! いもうとさんです!」

ぺこっと頭をさげると、ばさっとランドセルのカバーが頭にかぶさった。ちゃんと留めておきなさい。

運転席にいる僕より早く、後輩が妹のランドセルを直してくれた。僕以外の人類には親切なこともあるようだ。

「クルマで、妹さんを迎えに来たんですか?」

……ちぇっ。

嫌なところを見られた。

「この裏にある塾のな。母さんが今、仕事で手が放せないから」

僕の家はコンビニを経営している。

いつもは母さんが迎えに来るのだが、今日みたいにバイトが欠勤してシフトに穴があくと、母さんが代わりに入る。月に二、三度はそういうことがあるから、そのためもあって免許を取ったのである。

「そういう事情があるなら、先に言ってください。事情がわかれば、わたしのお説教も少しは内容が変わります」

「説教するのは変わんないのな」

「当然です。校則違反を見過ごすことはできません。……ですが」

銀色の髪に「びゅーちほー」と見とれている妹を、後輩はちらりと見た。

「妹さんに免じて、せんぱいにも弁明の機会を設けます」

「弁明？」

「明日の放課後、風紀委員会室まで来てください」

「……うへえ」

僕にとっては説教部屋みたいなもんである。

今まで何度、この可愛くない後輩に呼び出されたことか。

今まで何度、貴重な昼休みや放課後が、このサディストによって奪われたか。

しかも、恐ろしいことに、何故かいつも二人きりなのである。風紀委員は男女あわせて十人くらいいるはずなのに、「せんぱいはわたしの獲物です」と言わんばかりに出張ってくるのだ。

なんなんだよ本当。少年漫画のライバルかよ。

「いいですね。逃げたら承知しませんから」

「へいへい」

「お返事は一回です」

「へーーーーーーーーーーーーーーーーーーーーーーーーーーい」

あくまで抗（あらが）う僕を氷の目でにらんでから、後輩は去っていった。

「はぁ……」

愛車のハンドルに突っ伏して、ため息をつく。

免許を取った天国から一転、地獄に突き落とされてしまった。

僕を親の仇みたいに思っているあのギンギラギンは、免許のことを学校にチクるだろう。おそらく処分がくだる。むかし内緒でとった卒業生は、停学になったらしいけど……。

助手席に乗り込んだ妹が、僕の袖(そで)をさかんに引っ張っている。

「ね、ね、いまのひと、兄ちゃんのカノジョ?」

「どこをどう見てそう思ったんだよ……」

ありえない。

「えーもったいない! ちょーカワイイのに! あんなキレイなひと、もえ初めて見たよ!」

綺麗(きれい)? アレが? あの雪だかアルミだかステンレスだかわかんない物体が? 可愛い?

ありえない。

ほんっとうにありえない。

あの後輩が美人だとしたら、いま目の前を横切ったショッピングカート押してるおばちゃんはクレオパトラだ。その後ろを杖(つえ)ついてのんびり歩いてるおばあちゃんは楊貴妃(ようきひ)だ。「むっつりー、兄ちゃんのむっつりー」と兄の顔をぺたぺた触るマイシスターは、小野小町(おののこまち)にしておこう。

あの後輩が可愛いのだとしたら——。

もう終わりだよ、この国。

「ほれ、シートベルトして。帰るぞ」

「はぁーい」

憂鬱(ゆううつ)な気分でエンジンを始動させ、レバーをDに入れたとき——。

ふと、どうでもいい疑問が湧(わ)いた。

——あいつ、なんで僕の誕生日なんか知ってたんだろ?

高3で免許を取った。
可愛くない後輩と
夏旅するハメになった。
WE ARE ON A JOURNEY NOW IN A SMALL CAR

JOURNEY.
1

可愛くない後輩

翌日の放課後。

重い足を引きずるようにして廊下を歩く。解放感にみちあふれたクラスメイトの明るい顔がうらめしい。僕は今から叱られにいくのだ。あの生意気な女に「すいませんっした」「私が悪うございました」と謝って、許しを請わなくてはならない。

風紀委員会室の扉をノックすると、「どうぞ」と澄んだ声がした。

中は八畳ほどの広さだ。壁側にはスチール製の本棚が置かれ、隣には段ボールが山と積まれている。学校の古い資料が置かれているせいか、古本屋みたいな匂いがする。常連の僕には馴染みの匂いだ。

部屋の中央には、会議用の長机一つと椅子が六つ。

その椅子の一つに、背筋をすっと伸ばして、鮎川あやりが座っている。

「どうぞ。かけてください」

物腰だけは、いつも丁寧である。

今日も他の委員はいない。彼女だけだ。

以前、クラスメイトに話したらこう言われた。「うらやましい！」「あやりちゃんと二人きりでお話なんて、ふつーにカネ払うレベル」とかなんとか。この小憎たらしいアルミホイルは、三年男子にも絶大な人気を誇るのだ。みんな目が腐ってんのか？

「せんぱい。また何か失礼なことを考えていますね？」

「ふん。別に」

氷柱（つらら）みたいな視線が僕を射貫いて――まったく、もう。

なんで僕にだけ、こんなキツいんだよ。

「今日、何故呼ばれたかはわかっていますね？」

「僕が免許を取ったこと、だろ？」

後輩は制服のポケットから生徒手帳を取り出した。

「校則第三十七条。自動車普通免許、自動二輪免許、原付免許などは、この取得を禁ずる。知ってますね？」

「知ってるよ」

「では、なぜ取得が禁止されているか、知ってますか？」

首を横に振ると、後輩は脇（わき）に置いていた分厚いリングファイルを開いた。

風紀委員の資料を僕に見せてどうするんだよ――と思いきや。

「新聞コピーの切り抜き？」

整然とファイルに挟まれていたのは、交通事故の記事だった。それも、自動車がらみのものばかり。

「市立図書館で調べてきたんです」

なんでもないみたいに言うけれど――この分厚いの、ぜんぶそうなのか？

「これを見てください」

白い指が示したのは、ぐしゃぐしゃに潰(つぶ)れたトラックと自家用車が写る大きな記事だった。

「これは、免許取りたての十八歳が起こした事故です。交差点を右折しようとして、正面から来たトラックとぶつかったらしいですね」

二人して記事を覗(のぞ)き込んだ。

後輩は小柄なので、自然、身を乗り出すような体勢になる。その時「んしょ」とかつぶやく。クールを気取ってるくせに、こういうところにスキがある。前に「お子ちゃまでちゅねー？」と事実を指摘したら、グラウンドの石拾い一時間の刑にされた。血も涙もない。

「人の話聞いてますか？　せんぱい」

「聞いてるよ。つまり、僕もこんな風になるかもしれないって言いたいのか？」

後輩は肯定も否定もせず、元の体勢に戻った。

「ネットで見られる政府統計によれば、昨年自動車乗用中の事故率がもっとも高かったのが十六歳から十九歳の未成年だったそうです」

「嘘(うそ)だ。若者の事故件数は毎年どんどん減ってるって何かで読んだぞ。事故を起こしてるのは高齢者ばかりだって」

「それは、免許を取る若者の数が減っているからです。しかし、原付免許以上を取得した『十万人あたり』の死亡事故件数で見ると、未成年の割合は高齢者と並んで突出しています。特に、重大事故である正面衝突を起こした割合は、未成年がもっとも多いんです」

「……そこまでネットで調べられるの？」

「いえ。さっき警察署の交通課に直接問い合わせて聞きました」

そこまでして何故――と言いかけて、気づいた。

後輩が何を言おうとしているのか。

「事故を起こす可能性が高いから、免許取得は校則で禁止されてるって。そういうわけか」

後輩は大きく頷（うなず）いた。

「校則は意味もなく定められているわけではありません。必ず理由があるんです。せんぱいは初心者で、しかも高校生。事故の確率は高いと言わざるをえないでしょう。心……いえ、危険です」

「……むむ」

縁起でもないと一蹴（いっしゅう）したいのはやまやまだが、後輩にも一理ある。

先週、ネットで自動車の任意保険に加入したのだが、目ん玉が飛び出るくらい高かった。なぜこんなに高いのか、コールセンターに電話して聞いた。オペレーターのお姉さんは当然のような口調でこう言った。「十代のグリーン免許の方は事故率が高いので、保険料にも反映されております」。

だけど、僕にだって言い分はある。

「なあ、ひとつ言わせてくれないか?」

「言い訳してもムダですけれど。……なんでしょう?」

ツンツンしながらいちおう話を聞いてくれるのが、この後輩の数少ない長所である。

「確かに事故の確率は他の世代より高いのかもしれない。でも、そんなこと言ってたら、いつまで経(た)っても運転できないだろ。最初は誰(だれ)だって初心者なんだから」

「それでも高校生は早すぎるでしょう。大学生になってからでも遅くないじゃないですか」

「僕、大学へは行かないんだ」

後輩は椅子から軽く腰を浮かせた。

「進学しないんですか!?　どうして?」

「どうしてって?」

「だ、だってせんぱい、成績いいですよね?　この前の中間も七位だったじゃないですか」

なんでこいつ、僕の成績まで知ってるんだ。

三年生の廊下に順位表が貼(は)り出されるから、知ることはできるんだけど。

「僕の家がコンビニやってるのは知ってるだろ?」

「はい。それが?」

「実はこの春、父親が亡くなってさ」

後輩は息を呑(の)み、その頬(ほお)を硬直させた。

しゅーんと肩を落として、うなだれる。

「ご、ごめんなさい。わたし、知らなかったです……。本当にごめんなさい」

あまりに落ち込むものだから、僕のほうが焦（あせ）ってしまった。

「いやいや！　知らなくて当然だし、気を遣（つか）う必要もないんだけども！」

まったく、調子が狂う。

憎たらしい後輩には、憎たらしくしてもらわないと。

こんな風に優……しおらしいところ見せられると。

その、困る。

「……あー、えーと、ともかくだな。コンビニっつーのはともかく忙しくって、うちの母さんひとりじゃ回しきれないと思うんだ。だから、卒業してすぐ継ぐことにした。正直僕、勉強そんな好きじゃないし。卒業してサラリーマンとかになるくらいなら、このほうがいいと思ってる」

　これは本心である。

もともと、大学にはそんなに行きたくなかった。一人暮らしにはちょっぴり憧（あこが）れてたけど、それは大学行かなくてもできる。

「そんなわけだから、高三の今、取ったんだよ」

「卒業したらすぐ忙しくなるから、ですか？」

「それもあるし、夏休みにクルマで旅に行きたいんだ。夏旅に」

「夏旅？」

後輩はまたもや首を傾げた。

「旅ってどうして？　なぜ今？」

「理由は……まあ、二つある」

「二つ？」

僕は頭をかいた。

「今この場では言えないな。ともかく、今しかないったら今なんだ」

「いくらコンビニのお仕事が忙しいといっても、休みくらいはあるでしょう？　大人になってからでもいいのでは？」

「大人になってから行くのは、普通だろ」

きょとんと、後輩は僕を見返した。

「普通じゃだめなんですか？」

「駄目駄目、駄目に決まってるだろ。普通なんか、なーんにも面白くないっ！」

ここは譲れないところである。

「大人になって、会社や大学の長期休暇にみんなで観光旅行！　スマホ握りしめて観光名所巡って、食べログ☆3・5以上の店でメシ食って、ネットで調べたホテルに泊まる。温泉入ってエステして、夜はオサレラウンジでカクテルか？　写真やら何やらSNSにうpしまくって映え映え映え!!　どうどう？　アタシたちリア充でしょ人生楽しんじゃってるでしょと言わんばかり！　それを見たオトモダチがいいねいいねいいねいいねの嵐！　かーっ！　くだらねえー！　かーっ！　かぁぁぁあーっ！」

「せんぱい。唾が飛びました」

淡々とハンカチで頬を拭う後輩に、さらに力説する。

「いいか後輩！　奴らのはただの観光だ！　ツアーだ！　バカンスだ！　だけど僕は違う！『夏旅』なんだよ！　ジャーニーなんだ！　グレイテストジャーニー！　今この時にしかできないジュアーア、ニィ〜！　わかるか！　この違いが！　わかるか!?」

「せんぱいが相変わらずだということは、よくわかりました」

僕の訴えが通じたのか否か、後輩はふっとため息をついた。

「ええ——。わかってましたけれど。わたしには」

「お、おう」

心なし、さっきより口調が穏やかなのは、いったいどういうわけだろう。

どこか遠くを見つめるような、懐かしい風景を眺めるようなまなざしで——。

「…………」

「…………」

部屋に沈黙が降りた。後輩は何やら考え込んでいるようだ。

それにしても――ふむむ。

どうやら、学校にチクるつもりはないっぽい？

僕は今日、朝からドキドキしていた。担任からいきなり職員室に呼び出され、「お前、免許取ったそうだな」って。後輩がすでに告げ口している可能性におびえていたのだ。

だが、その様子はない。

わざわざ事故の切り抜きまで見せたのは、僕に運転を思いとどまらせるためだろう。

データの準備にも、かなりの時間と労力がかかったはずだ。

……意外と、いいところあるのかな？


「事情はわかりました」


後輩は静かに口を開いた。

その表情には、何やら決意のようなものがみなぎっている。

なんか、嫌な予感。

「夏旅はともかく、妹さんのお迎えもされていたようですし、せんぱいにとって免許は必要だったのでしょう。それは認めます。ですが、事故の問題がなくなったわけではありません」

「そんなの、なくなるわけないだろ」

　クルマを運転する限り、交通事故の危険は常につきまとう。この世からクルマをなくせば事故もなくなるだろうが、第二次産業革命以前の世界に戻るのか、という話。

「せんぱいはお調子に乗りやすいところがあります。ついついスピードを出し過ぎたりしたこと、あるんじゃないですか？」

「ないよ！　常に安全運転、法定速度も守ってるよ！」

　……実は、ほんのちょっぴり。

　深夜、人もクルマもいない国道で、ほんの少し、出しすぎちゃったことはある。つい、愛車（マシン）の性能を確かめたくて、つい。

「ちょっぴり抜けてるところもありますよね。うっかり停止線で止まらずオーバーしたり、ありそうですけれど」

「それはない。マジでないって！」

「信用できません」

　ばっさりと後輩は言った。

「この目で確かめないことには、信じられませんね」

「じゃあ、どうするんだよ」

　その冷たい瞳（ひとみ）に、鋭い輝きがともった。

「今度の日曜、テストをします。わたしが直接せんぱいの運転を確認します」

「……は？」

これには驚いた。

まじまじ後輩を見つめてしまう。

「なんですかその顔は。何かご不満でも？」

「いや、不満っていうかさ……」

ちょっと、頭の整理が追いつかない。

「テストっていうのは、つまり、ドライブってことでいいのか？」

「テストです」

「僕と？　お前と？　ドライブ？」

「テストです」

淡々とした口調だが、異論を許さない迫力が感じられる。

「わたしだって気が進みませんよ。せんぱいとドラ……いえ、テストだなんて。しかし、いくら遅刻常習犯の問題児とはいえ、事故なんて起こされたら寝覚めが悪いです。目撃したわたしの責任にもかかわりますし、しかたないじゃありませんか」

後輩のまつげが微妙にヒクヒクしている。

「一緒にテストなんか行ったことがバレたら、お前まで問題にされるんじゃないのか？」

「ドライブです。……あっ、テストです」

「……」

どっちでもいいや、もう。

「ともかく、せんぱいの運転技術をこの目で確かめてから。すべてはそれからです」

後輩はぷいっ、と僕から視線を逸(そ)らすのだった。

◇

僕こと沢北廉太郎(さわきたれんたろう)と、後輩こと鮎川あやり。

なにゆえ、こんなに仲が悪いのか――。

都立南城(なんじょう)高校の生徒のあいだで噂(うわさ)される理由はしごく単純である。

「沢北がよく遅刻するから、校門指導をしている鮎川さんに目をつけられたんだよ」

「鮎川さんは風紀委員会に入る時、遅刻ゼロ実現を目標に掲げている」

「校門指導で注意しても、沢北は口答えばかりしている」

「学年トップの優等生、学園をより良くしようとする彼女にとって、沢北廉太郎は許しがたい敵なんだ」

——まったく、好き勝手言いやがって。

確かに僕は遅刻が多い。理由は家の仕事だ。住宅街の一角にあるうちのコンビニは、朝、めちゃめちゃ忙しい。バイトだけじゃ追いつかなくて、僕がヘルプに入ることがある。間に合うよう調整はしているが、お客さんが途切れなかった時はどうしようもない。

もちろん、遅刻を正当化するつもりはない。

真面目で潔癖(けっぺき)な彼女に嫌われても、しかたないことだと思っている。

ただ、あえてひとつだけ言わせてもらうなら、「順番がおかしい」。

僕が遅刻するから、後輩に嫌われてるんじゃない。後輩は、入学当初から、僕をマークしていたのだ。あいつが風紀委員になって「遅刻ゼロ実現」なんてものを始める前から。

忘れもしない。

初めてあいつに会ったのは、四月頭のこと。

その日は土曜日だが、講堂で進路説明会があった。僕は担任から進路の件で呼び出されていて、職員室からそのまま一人で講堂へ向かった。とてもよく晴れていたけど、風の強い日だったのを覚えてる。

遅れて来た僕を、講堂の入り口で待ち構えていたのが、新一年生の鮎川あやりだった。銀色の髪をした可愛い新入生の噂は、僕のところにも聞こえていた。実際に見ると、なるほど。可愛いはともかく、全体的に白いというか、淡いというか。「季節はずれの雪女」。そんな第一印象だった。夏はいいけど、冬は寒そう。

「はじめまして。沢北せんぱい」

何故か、僕の名前を知っている。
階段の上にある入り口から、僕を見下ろすように、立っている。
ツンとした目で僕を射すくめ、キンと冷えた声で、こう言い放った。

「一年の鮎川あやりです。風紀委員会の所属になりました。これからせんぱいとは何かと〝お話し〟させていただきますから――どうぞ、よろしく」

さて。

進路説明会が行われる講堂は、二年生校舎の隣にある。

二階建ての講堂と、四階建ての校舎の狭間(はざま)に、僕らは立っていた。

この狭間には、建物の配置的な理由からか、突発的に強烈な風が吹き渡る。

彼女は新入生だから、知らなかったのも無理はない。

どんなに頑張って髪を整えたところで、ここを通ればグチャングチャンのシッチャカメッチャカ。講堂で集会と言われたら、南城高校の女子はみんな憂鬱な気持ちになる。

彼女が知らなかったのも無理はない。

その時、ひときわ強く吹いた風が。

真新しい制服のスカートをふわりと持ち上げて。

あまりに突然すぎて、彼女に防ぐすべはなくて。

……知らなかったのも無理はない。


「……」

「……」


気まずい沈黙。

さっきまで白かった顔が、真っ赤(まっか)になっている。

唇は、何かをこらえるように、ワナワナと震えている。

目尻には、大粒のしずくが溜まって――。

「……さん、に」

「えっ？」

「お母さんに電話してきます」

「えっ⁉」

なんで⁉　と尋ねる暇もなく、新入生はものすごい勢いで走り去ってしまった。

なに？　親？　親が出てくるの⁉　僕叱られるの？　あいつの母ちゃんに？　なんで？　うちの子のスカートの中見たでしょうって⁉　どんな罪だよいや罪だけど僕の罪じゃない！

そして翌日。

新加入した風紀委員の発案で実施されたという「校門指導」にて、遅刻してきた僕はさっそく捕まり、彼女と再会した。

「はじめましてせんぱい。一年の鮎川あやりです」

「………」

昨日の一件は、なかったことになっていた。

これが、僕と可愛くない後輩の、熾烈なバトルの「なれそめ」である。

◆

「ふんふん、なっるほどね～」


朝の教室に、軽薄なリズムの声が響いた。

僕の隣の席で、机にうずたかく積まれた菓子パンを悠然とかじる男。その名は新横浜三吾。高一からずっと同じクラスの腐れ縁、いわゆる「悪友」である。

「その、廉ちょんを目の仇にしているあやりちゃんに、例の件がバレちゃったと」

「ああ、最悪だよ」

ふんふん頷いて、ごきゅごきゅ牛乳の一リットルパックを投げ込むように飲み干す。パンも牛乳も今朝うちの店で買っていったものである。あいかわらず「痩せの大食い」で、売り上げ的にはありがたい。

「でもさぁ、不思議だよねー」

「何が？」

「廉ちょん、昔に比べたらだいぶ遅刻減ったじゃん？　今日もちゃんと間に合ってるし」

「そうだな」

現在時刻は八時二十分。朝のHR開始十分前である。ゆうゆうセーフ。

「遅刻するたび、あの雪女に小言食らってたからな。さすがに対策するわ」

母さんと話し合って、コンビニ本部にまで掛け合って、朝のアルバイト増に取り組んだ結果である。今は当日欠勤が出たりしない限り、普通に来られるようになった。

「そのわりに、今でも何かと構ってくるよね」

「僕のことがよほど気に食わないんだろ」

菓子パンの包みをくしゃくしゃ丸めながら、悪友は言った。

「実はあやりちゃんってさー、廉ちょんと話したくて校門指導やってるんじゃね？」

「ああん？」

思わず、悪友の顔を見返した。

「お前と同じクラスになって二年三ヶ月、史上最高に面白いこと言ったな」

「ホントは廉ちょんのこと好きだったりして？」

「史上最高を更新したな」

なるほど。

ケンカするほど仲が良いとは、よく聞く話だ。

遅刻した僕にお小言を言うのも好意の裏返し――なんていうのも、定番である。

だが、しかし。

「ないな。あのイキリアルミホイルに限って、天地がひっくり返ってもあり得ない」

「……ほーん」

「好きならちゃんと話して仲良くなればいいだろ。どこに敵対する必要があるんだよ」

「ま、それもそっかぁ。あー、ケツかゆっ」

悪友はおもむろに椅子から尻を持ち上げ、ぽりぽりとかいた。下品だ。こいつからは人生全般に対するやる気が感じられない。

「ともかく、そのあやりちゃんのテストに『合格』しないと、廉ちょんの夏旅は一巻の終わりなわけだ」

「そういうことになってしまった」

僕が免許を取ったこととその理由は、こいつにだけは話してある。新横浜三吾は口の堅い立派な男だから――ではなく、こいつの兄ちゃんの紹介で自動車学校に入ったからだ。費用が少し安くなるんだよね。

高校生の僕にとって、免許のお金は高額だ。

小学生の時から貯めに貯めていた銀行預金も、半分以上使ってしまった。

店で働いたぶんの時給は母さんからもらっているけれど、今後のクルマのガソリン代、保険料や税金、車検費用やらも考えると、節約するに越したことはない。

夏休みには、壮大な計画も控えてるわけだし——。

「でもまぁ、考えようによっちゃラッキーだよね。デートみたいなもんじゃん」

「何がだよ。あんな可愛くない女と」

すると悪友は「へ？」と声を発して軽くのけぞった。なんだそのリアクション。

「あやりちゃんのこと、だよね？　可愛くない？」

「可愛くない」

「………れ、廉ちょんって、年上好みなんだっけ？」

「そうだな。大人のかっこいい女性がタイプだ」

「たとえば、誰？」

「うちでバイトしてくれてる雫さん。それと……」

「れと？」

「峰不二子」

はぁー、とデカイため息をついて、悪友は僕の肩をぽんと叩いた。

「……ホント。こじらせてるね、いろいろと」

どういう意味か問いただそうとしたその時、チャイムが鳴った。

おしゃべりのために席を立っていた連中が、さっと自分の席に戻っていく。悪友もゴミをビニール袋に入れてバッグに放り込み、前を向いた。

だらしのないクラスなら、チャイムが鳴ってもなかなか席につかないなんてことはあると思うが、我が三年一組でそういうことはない。担任教師の威光が行き届いているからだ。

チャイムが鳴り終わると同時に、その担任が入ってきた。

「級長、号令」

イエッサー！　とばかりに級長の中込が立ち上がる。一糸乱れぬ朝の挨拶(あいさつ)。軍隊さながらの光景は一組名物である。

鬼瓦(おにがわら)ゆりん。三十三歳。未婚。

担当は現国。生活指導主任と風紀委員会顧問も兼ねている。

反社会勢力もかくやという鋭い眼光で生徒たちを見回しながら、朝の連絡事項を話す。さっきまでだらだらダベっていた男子も、スマホとにらめっこしていた女子も、背筋を伸ばして手は両膝(ひざ)に、顔はまっすぐ前に向けている。

「連絡は以上だ。夏休みが近いからってたるんでるんじゃないぞ。……特に、新横浜」

「いえっさー！」

「お前じゃない。お前のそのダルンダルンな前髪に言ってるんだ。明日までに切ってこい」

「い、いえっさー！」

悪友の伸びすぎた前髪が震え上がった。

鬼瓦、なんて厳めしい名字の印象を裏切らない女傑である。名前には目をつむろう。紺のスーツがよく似合う、抜き身の日本刀みたいにすらりとした肢体。顔立ちだって凛々しく整っている。しかし、目力が強すぎて、大多数の男が気後れする。曰く、「この前、駅で男に声かけられたんだ。振り向いたら『ひっ』とか言って逃げていった。ナンパしておいて『ひっ』はないだろ、『ひっ』は!」。とまぁ、基本怖いんだけど、話せば気さくなところもあったりする。

ともあれ、厳しい人には変わりない。

年上好きの僕だけど、この人には憧れより「恐怖」が上回ってしまう。

「ああ、そうだ。念のため言っておくが――」

クラス全体を見回して、鬼瓦先生は言った。

「お前らな、夏休みに免許取るんじゃないぞ」

背中にぶわっと汗が噴き出した。

表情にはギリギリ出なかったと思う。

コンビニの接客で鍛えられた賜だが、冷や汗まではコントロールできない。

「昔はいたらしいんだよ、学校に内緒で免許取るやつが。うちはバイクもクルマも禁止だ。この中にそんな物好きなやつはいないと思うが、一応な」

はぁい、とクラスメイトの声が唱和する。どいつの顔にも書いてある。「受験でそれどころじゃありません」。高三の夏休みといえば受験の正念場。そして、このクラスの約99パーセントは大学進学だ。

残りの約1パーセントとしては、生きた心地がしない。

鬼瓦先生、僕にだけ言ったわけじゃないとは思うけどさ……。

「ちなみに、違反者は停学な。免許を卒業まで没収したうえで、停学二週間。この時期に停学食らったら、そのぶん夏休みは補習だからな。肝に銘じておくように」

停学だけでもキツいのに、免許没収＋補習となれば、夏旅なんかできるはずもない。

やはり、絶対バレてはいけない。

そのためには、なんとしても、あの可愛くない後輩の口を封じなくてはならない。

後輩のいう「テスト」とやらに、確実に合格する必要があるわけだ。

【夏旅用語集】

普通自動車免許

氏名 ○ ○ ○ ○　平成○○年○月○日生

住所 ○ ○ ○ ○

交付 令和○年○月○E　XXXXX

令和○○年○○月○○日まで有効

免許の条件等

優良

番号 第 XXXXXXXXXXXX 号

二・小・原 令和○年○月○日

他 令和○年○月○日

二種 令和○年○月○日

運転免許証

日本では十八歳から取ることができます。

およそ二ヶ月（合宿の場合一ヶ月ほど）指定の教習所に通い、試験を受けることになります。

教習は誕生日の二ヶ月前から受けられるところが多いようです。

JOURNEY. 2

呉越同車

いよいよ、運命の日がやってきた。

ついこの前も本免試験を受けたというのに、またテストを受けなきゃならないとは。

なぜ僕がこんな目に、と思わなくもないが――ルール違反を「確信犯」で犯す以上、致し方あるまい。免許という自由の翼を手に入れた僕は、その「重み」にも耐えなくてはならない宿命だ。

――なんて。

こんなこと言ったら、また後輩に「何をかっこつけてるんですか」って呆れ顔で言われるんだろうけどさ。


そんなわけで。

日曜の午前十時。

愛車を十五分ほど転がしてやってきたのは、自宅から駅五つも離れた町にあるファミレスだ。駐車場の隣が野っ原だったりする、郊外店舗である。

ここを待ち合わせ場所に指定したのは後輩である。「わたしの家、この近くなので」。まったく、こっちがクルマ持ちだからって気軽に言いやがる。……まぁ、ここならまず知り合いには見つからないから、好都合とも言えるが。

郊外特有のだだっ広い駐車場にクルマを停めて（停めやすくてありがたい）、店のドアを開けようとしたとき、ちょうど出てきた大学生風の男二人組とすれ違った。

鼻の穴をおっぴろげて、興奮気味に話している。

「さっきの子、めちゃくちゃ可愛くなかった⁉」

「ああビビッた。アイドルかと思った」

「てか、マジで芸能人なんじゃね？」

「あんな子とドライブできたらサイコーなのになぁ」

なんて言い合いながら、ワンボックスタイプの軽に乗り込んだ。テンション高いな。

それにしても――アイドル？

こんな八王子の片田舎にご降臨あそばすとは、ちょっと興味あるな。

ドアを開けて中に入り、店内を見回す。

文庫本広げてうたたねしているおじいちゃん、神様について穏やかに語り合う奥様方、娘とパフェ食ってるお父さんが目に入る。

しかし、アイドルっぽいのはいない。まさか奥の喫煙席じゃないだろうし。

――と。

窓際のボックス席に、待ち合わせ相手の姿を見つけた。

「こっちです。せんぱい」

私服姿の鮎川(あゆかわ)あやりが、一番奥のボックス席にすまし顔で座っている。

脇(わき)が甘いピンクのブラウスに、あざと短い白のスカートというコーディネイト。たかが僕と会うだけなのにほんのりメイクして。テーブルの下ではつるんとした膝(ひざ)こぞうがちょこんと見えている。何を企(たくら)んでやがる？

「何をキョロキョロしてるんですか？　みっともない」

ああもう。第一声からして可愛くない。

「なんかこの店にアイドルがいたらしい」

「アイドル？」

後輩は目を丸くして店の中を見回した。

「それらしき人は、見当たりませんけれど」

「だよなあ」

「騒ぎになると困るから、隠れたのかもしれませんね」

まあ、そんなところだろう。

「ところで、今日は三分二十七秒の遅刻です。まったく、せんぱいは休日でも遅刻するんですね。遅刻したぶん時給でも発生しているんですか？」

「……」

こいつの可愛げのなさは、アイドル級だな……。

万が一、億が一。

さっきの大学生の言う「アイドル」が、こいつのことだったとしたら、

「もう終わりだよ、この国」

「国の前に自分の心配をしてください」

あーもー。

ほんっと、可愛くない！

◆

二人ともドリンクバーを注文した。

サーバーの前で後輩が戸惑っていたので、カップをセットしてボタンを押してやった。

「ドリンクバーごときでせんぱいの手を借りるとは……。不覚です」

「ふん。武士の情けだ」

「武士はコーラにメロンソーダを混ぜたりしないと思いますけど？」

大人ぶったコーヒーにオレンジジュースをぶちこんでやろうかと思ったが、自重(じちょう)した。

ファミレスなんて、後輩はあまり来ないんだろう。

厳しい塾に通ってるらしいし、学校でつるんでいるのもお堅い優等生ばかり。放課後にどこかでメシ食って駄弁るなんてことはしそうにない。

コーラのメロンソーダ割りと、コーヒーを持って、テーブルに戻った。ソーサーに添えられたスティックシュガーの量については触れないでおいてやろう。

後輩は脇に置いていた小さなリュックサックを開き、白い紙袋を差し出した。

「せんぱい。これ。お守りです」

「え、僕に?」

有名な神社の名前が朱色の筆で書かれている。

神仏とは縁のない僕でも知ってる由緒ある社だ。

「うおお……。マジでありがとう」

思わず感謝が漏れていた。たぶん僕史上初、後輩に心の底から感謝した瞬間である。

「この神社、交通安全の御利益で有名だよな」

「そうなんですか? 知らなかったです」

後輩は素知らぬ顔で、コーヒーに白い粉を次々投入していく。

「でも遠かっただろ。電車で二時間くらいかかるんじゃないか?」

「その近くに用事があったので、ついでに寄っただけです。わたしの命もかかってますから」

「……そっか、そうだよな」

今日僕が事故でも起こしたら、こいつも巻き添えになってしまう。そういう意味では責任重大だ。憎き敵とはいえ、ケガなんかさせたら夢見が悪すぎる。後輩だって、僕のせいで事故なんて御免被りたいだろう。

裏を読まず、ありがたくいただくとしよう。

お守りはキーホルダーみたいに鍵につけておくのが定番だよな――って、

………？

「なあ、後輩」

「なんですか。まだ何か文句でも？」

「これ、中身あってる？」

紙袋から出てきたピンクのお守りには、金の刺繍でこのように書かれていた。

えんむすび。

後輩は稲妻のような速さで僕の手からお守りをひったくった。

「間違えました。こっちです」

「……う、うん」

恐るべき早業だった。まだ銀髪の残像が目に焼き付いている。運動神経はあまりよろしくないという噂だが、間違いだったようだ。

後輩が差し出した別の紙袋を受け取った。こっちはちゃんと「交通安全」である。

「縁結びのほうは友人に頼まれたんです。間違えて持ってきてしまったようですね。……なんですかその目は。疑うんですか？」

「いつもと同じお目めだが」

むしろ後輩の目のほうが怖い。すごい目つきでにらんでくる。

これ以上突っ込むのは、やめておいたほうが良さそうだ。

「それでせんぱい。今日はどこを走るんですか？」

「そうだった、そうだった」

お守りの件があまりに意外すぎて、本題が頭から飛んでしまっていた。

「まぁ、行き先は定番の高尾山かなあ。それなりに距離もあるし、大きな道も走るから、運転技術を見るにはちょうどいいんじゃないか？」

「なるほど。高尾山であれば――」

後輩は「ン」と人差し指をくちびるに当てる。

私服姿でいつもの仕草を見るのは、ちょっと新鮮。

「都立大の横を通って、上柚木方面から鑓水を経て国道十六号に出るのが一番スムーズだと思います。多摩境のほうから行くルートもありますけど、やや交通量が多いので人目につきやすいです。距離的にもほとんど同じですから、前者をお勧めします」

「……」

後輩の顔をまじまじと見てしまった。

「ずいぶん詳しいんだな、お前」

「別に。八王子市民なら、高尾山の行き方なんて知ってて当然だと思いますけど」

確かに八王子にとって、高尾山は唯一無二の観光資源だが。

「僕も地元民だけど、そこまですらすらとは出てこないぞ」

「せんぱいが不勉強なだけだと思います」

後輩は優雅にカップを持ち上げ、コーヒーをひとくち飲んだ。

その顔をよくよく見れば、目の下にクマができている。

軽くメイクなんかしてるのは、クマを隠すためもあるんだろうか。

まさか、今日のためにいろいろ道を調べてくれていた……なんてことは、たぶん、いや絶対、ないとは思うが。

「わかった」

グラスを一気に飲み干して、テーブルにこっ、と置いた。

「さっそく出発しようぜ。準備はいいか？」

「いつでもどうぞ」

後輩もコーヒーを飲み干し、カップをソーサーに戻す。

「せんぱいが口だけじゃないかどうか、この目で見極めさせていただきますので」

「おお、望むところだ」

挑むような後輩の目つきを、まっすぐに見つめ返す。

この生意気な後輩に、僕の走りを見せつけてやるぜ。

◆

と、意気込んではみたものの——。

予想外のことは、起きるものである。

事故とはいつも「予想外」なものだから、常にあらゆる可能性を頭に置いておかねばならない。「対向車が来るかもしれない」「前のクルマが急ブレーキをかけるかもしれない」「歩行者が突然飛び出してくるかもしれない」。この「かもしれない運転」が、事故を起こさないための秘訣である——。教習所の教官は、そんな風に説明してくれた。

わかっていたつもりであった。

だが、しかし。

さしもの僕も、これについては、予想もできなかったと言わざるを得ない。

助手席に座った後輩の。

純白のミニスカートから伸びる、さらに白くて細い脚が。

……こんなに、まぶしいなんて。

「あー、えーと。シートベルト、ちゃんと締めたか？」

「はい。大丈夫です」

ちょこんと座った後輩の膝こぞうが、綺麗にそろっている。

なんでもない、こんなのただの「ヒザ」、ジャンピンクニードロップのニーにすぎないのだが、どうしても目が吸い寄せられる。このにっくき後輩に。不覚。不覚すぎる。漢・沢北廉太郎、一生の不覚。

……ちくしょう。

女の子を助手席に乗せるって、こういうことなのかよ。

教習所じゃそこまで教わってねーぞ。「可愛い女の子を隣に乗せるかもしれない運転」。教わってない。教官、おっさんとじいさんばっかりだったし！

いや、この後輩は可愛くないけどな！

「せんぱい？　出発しないんですか？」

「いや、エンジン始動前に計器の点検をな」

意味もなく、僕はワイパーを作動させた。しゃこーん、しゃこーん、間抜けな音が響く。

よーし、ワイパーよーし。ちなみに今日は快晴、降水確率ゼロパーセントである。

かっくんかっくん揺れるワイパーを見つめながら、心を落ち着かせる。

平常心、平常心だ……。

……。

………。

そう。そうだ。沢北廉太郎。

冷静になれ。

隣にいるのは、あの鮎川あやり。いつも僕に小言ばかりいう、可愛くない後輩。僕の敵だ。

今から始まるのはドライブなんて色っぽいものじゃない。テストだ。これに合格しないと、僕は免許を没収されて夏旅終了のおそれがある。

何より、今日の運転は、他人の命を預かっている。

家族以外を乗せるのは、ぶっちゃけ初めて。

気合いを入れなきゃな。

ワイパーを止めて、エンジンを始動させる。ドゥルルッ、古いイタリア車特有の振動に包まれる。サイドブレーキを解除し、シフトレバーをドライブに入れる。それから安全確認。左よし後ろよし右よし。指示器を進行方向へ。

「よし出発！」

「どうぞ、です」

もう一度左右を確認して、バニライエローの小柄な車体を道路へ滑り込ませた。

アクセルを静かに踏み込み、ゆっくりと加速していく。古いクルマだが、整備は行き届いている。規制の五十キロに到達するまで、時間はかからなかった。

後輩が感心したように言った。

「クルマは詳しくないですけど、いい乗り心地ですね」

「古いわりには、な」

前のオーナーが丁寧に乗っていたおかげだと思っている。

僕も大切に乗るつもりだ。

◆

高架下付近の信号で停車したとき、後輩が奇妙なことを言い出した。

「えー。それでは、毎度ばかばかしいお笑いを一席」

「…………は？」

隣を見れば、後輩はいつも通りのすまし顔——なんだけど、頬がちょっと赤くなってる。

「なに？　なんで落語？」

「も、盛り上げようと思って、覚えてきたんですっ」

……？

いやごめん。意味わかんない。

いつから噺家になったんだ後輩。

「つまり、どういうこと？」

「だって、せんぱいが運転しているのに、わたしだけただぼーっと座ってるのは暇ですから。気まずい雰囲気になるよりは、何かお話ししていたほうがいいでしょう？」

「……あー」

なるほど。

ドライブのとき、助手席の彼女や友達が眠っちゃって、運転手の機嫌が悪くなって——みたいな話、聞いたことある。だからドライブの時は助手席の人が適度に話を振りましょう、みたいな。

面白い話イコール、落語。

どんな発想なんだよと言いたくなるが、このくそ真面目な優等生、鮎川あやりらしいといえば、らしい。

「ちなみに、寿限無と芝浜を覚えてきました」

「助手席でお前に延々と寿限無をそらんじられるのは、正直怖いな……」

それはもう落語ではなく怪談だ。

「別に気を遣わなくたっていいんだが」

「そうはいきません。せんぱいの足手まといになるなんて、わたしのプライドが許しませんから。……というわけで、飴ちゃんなめますか?」

今度はハーブキャンディを差し出してきた。最近ＣＭを見かける新商品だ。

「飴に『ちゃん』づけするやつはおばさんだと思うぞ、後輩」

「……あげませんよ?」

「ください！　飴ちゃん！」

後輩がビニールを剝いてくれた飴をつまんで、口の中に放り込む。清涼感のある甘みが口いっぱいに広がった。甘すぎる飴は苦手だけど、これはちょうどいい塩梅。

「おいしいな、これ」

「そうですか。初めて買ってみたんですけど、どうやら当たりのようですね」

僕が食べたのを見て、後輩も飴を口に運ぶ。

「……もしかして、僕を実験台にした?」

「ふふ。どうでしょう?」

「てめえ、この」

小突いてやろうかと思ったそのとき、信号が変わった。ちっ、命拾いしたな後輩。

前方のクルマに続いて、ゆっくりと発進する。

「この前、雑誌で読んだんですけど」

「うん？」

「マイカーには土足厳禁っていうひともいるらしいですね」

「あー、新車とかだとな」

「……わたしも、脱いだほうがいいですか？」

「え、服を？」

後輩はすっ、と白い指で駅の方角を示した。

「せんぱい、そこの交番にドライブスルーしてもらってもいいですか？」

「冗談だよ冗談！　靴だろ？　いいよ別に」

「でも、すごく綺麗にしてるじゃないですか」

掃除の行き届いた車内を後輩は見回した。今日も朝、出かけに掃除してきた。いつもより念入りにやった。後輩に「おやおや、こんなところにホコリが」とか小姑みたいなこと言われたくないからな。

「父さんの形見なんだ。このクルマ」

「……そうだったんですか」

後輩の声が少しだけしんみりした。

その微妙な変化が――何故かわからないけど、ちょっぴり嬉しい。

「父さんはよく、古下駄で乗ってたよ。バンカラな人だったからな」

「下駄、ですか」

「交通違反なんだけどな。どこに行くにもカランコロン鳴らしてた。下駄の音がするコンビニって、近所でも有名でさ」

僕が笑うと、後輩もつられたのか、口元を微かに緩めた。

「それに僕、忘れっぽいからさ」

「？　何か関係あるんですか？」

「想像してみ。駐車場にぽつんと置き忘れられた靴を」

しばらく沈黙があった。

「……シュールですね。なかなかに」

「だろ？」

「下駄ですから余計に」

「僕は下駄履かないよ！」

後輩はまた、ほんのわずかに唇をほころばせた。

……こいつ、今日はよく笑うなあ。

調子狂う。

後輩のテンションが、微妙におかしい。学校とは大違いだ。いつもは喜・哀・楽をあまり見せないやつなのに（怒はしょっちゅうだが）。ドライブ、いやテスト？　ああもうドライブでいいや――は、こんなにも人の心を変えてしまうのだろうか。

正直、僕もおかしい。

おかしくされてる。

さっきから、妙に心が浮き立ってしかたがない。ともすれば、スカートの白い裾がちらちら視界に入るし。なんか得も言われぬいい匂いするし。このクルマは母さんも使うんだけど、何か芳香剤でもまいたのかな……いや、ごめん、わかってます。後輩のシャンプーの香りです。認めます。いい匂いです。おはようからおやすみまで見つめてこいよこの野郎。

……はあ。

学校じゃ、校門指導で何度も話してるのに。

二人きりになることだって、風紀委員会室で時々あったのに。

クルマのなかで二人きりって、こんなにも空気が違うのか……。

◆

愛車は山林に挟まれた道を軽快に走り、国道に入った。

交通の流れはスムーズだ。

日曜で渋滞を心配していたけど、今のところは大丈夫そうだ。

いやはや。

それにしても――。

「次のガソリンスタンドがある角を、右です」

「了解」

「近くにショッピングセンターがあります。出入りの関係で混雑する交差点なので、注意して進んでください」

「よしきた」

後輩さんのこの見事なナビっぷりときたら、どうだろう。

先日取り付けたばかりのカーナビくんのお株を奪う活躍っぷりである。先に後輩が正解を言うもんだから、途中で切ってしまった。ごめんよナビくん。

これはもう、疑う余地はない。

鮎川あやりが道路交通網マニアであるという話は聞いたことがない。そんなJKいたら怖い。

まさか僕より先に免許を――というのも、年齢的にない。親が医者で金持ちだという噂だけれど、運転手つきのロールスロイスが毎日学校に迎えに来る、ということもない。市内の道路事情に詳しくなる機会はないと思う。

つまり。

後輩は、今日のために、ドライブコースを予習してきてくれたのだ。

高尾山は定番中の定番とはいえ、他のところになる可能性だってあった。市内の主要道路をざっと調べて、頭に叩き込んでいないとできない芸当だ。

いくら学年一位の頭脳とはいえ、時間はかかったはずだ。

お目めのクマさんの真相は、そういうことか。

妙なテンションなのも、徹夜明けだから……なのかな?

「……なあ、後輩」

「なんでしょう?」

「ついたら起こしてやるからさ。少し寝ていけばどうだ?」

すると、後輩は大きな目をぱちぱちさせた。

「どうしてですか? 眠くないです」

「いや、だけど……」

「そんなことを言って、運転の手を抜こうっていうんでしょう? だめですよ。ちゃんと見張ってますから」

つん、といつものように唇を尖らせる。

けれど、その声の響きは、どこか甘い。

やっぱり後輩、はしゃいでるのかな……。

らしくない。

何度も言うけど、こんな後輩を見るのは初めてだ。

縁結び、もとい、交通安全のお守りといい。

本当に、今日はどうかしている。

◆

三十分ほどクルマを走らせ、いよいよ目的地が近づいてきた。

「あとは、道なりにまっすぐです。五分ほどで、京王高尾山口駅の前に出るはずです」

「おう。ここまで来たら楽勝だな」

高尾山には、子供の頃に家族で何度か来たことがある。どこか見覚えのある、懐かしい風景が車窓に広がっていた。

「ところでせんぱい。高尾山についたらどうするんですか?」

「そりゃあ…………登る」

「え。本気ですか?」

「いやいや、冗談」

登山の準備なんてしてない。

高尾山はサンダル履きで登る人もいるくらい、カジュアルな山だけど。

「特に予定がないなら、わたしの言う場所に行ってもらえませんか?」

「? いいけど」

なんだろ、天狗でも見たいのか? それとも名物のとろろそばでも食べたいんだろうか。

確かに、そろそろお昼時ではある。

後輩の言う通りにクルマを走らせていくと、そこは——。


「高尾山自動車祈禱殿(きとうでん)?」


朱色の小さな寺が、青々と茂る森のそばにあった。

名前の通り、クルマのお祓いをするお寺らしい。駐車場は、祈禱を受けに来た参拝客のクルマでいっぱいだった。

二人でクルマから降りて、太陽を照り返す黒瓦(くろがわら)を見上げる。

「こんな場所、高尾山にあったんだ」

「わたしも昨日初めて知りました。登山客が乗るケーブルカーの駅とは方向が逆ですから、気づきませんよね」

言いながら、後輩は目をこすこす擦っている。今頃眠気が来たようだ。目的地に着いて気が緩んだのかもしれない。

……やっぱり、昨夜調べてくれてたんじゃないか。

道だけじゃなく、こんなことまで。

僕、高尾山に行くなんてひとことも言ってないのに。

調べたこと、無駄になったかもしれないのに。

「あそこにある寺務所で受付をすれば、ご祈禱が受けられるみたいです。ちょうど今からだと十二時の部に間に合いますね。……祈禱料が三千円かかりますけど、受けてみては?」

「うん、せっかくだから」

「ですよね。せっかく来たんですから」

「違うよ」

「えっ?」

「せっかくお前が調べてくれたんだから、って意味だ」

まっすぐに後輩の顔を見て、言った。

「ありがとな。鮎川」

後輩の頬が「ぶわっ」って感じで赤くなった。

それを隠すように、ぷいっ、と横を向く。

「別に調べたわけじゃありませんけど。ネットを見ていたら、たまたまそういう情報を見かけただけですから」

銀色の髪をさらっと後ろに払う。

いつもの見慣れた仕草だけど、今日はどこか違って見えてしまう。

事故でも起こされたら寝覚めが悪い——理由はそれだけなのかもしれないけれど。

後輩は、僕の交通安全を、心から願ってくれている。

それだけは、間違いないみたいだ。

◆

後輩と二人で、クルマの祈禱をすませた。

どうやってお祓いするのかと思っていたら、なんと祈禱殿の真ん前に停めてクルマごと参拝するという豪快なスタイルだった。

「これもドライブスルーの一種ですね」

感心したように後輩が言うもんだから、祈禱の最中、笑いそうになってしまった。

さて。

時刻は十二時三十分。

お昼時である。

このまま帰宅して昼食は各自——なんていうのが、まぁ、無難だろう。これがテストではなくドライブだとしても、僕らは彼氏彼女の仲じゃない。友達ですらない。用事がすんだら即帰宅。それが、僕らの場合は普通だと思う。

ただ——。

ここまでナビしてもらったり、祈禱のこと調べてもらったりしたのに、このまま何もお返ししないのもな……。

後輩も、腹減ってるだろうし。

ていうか、僕も減ってる。地元に帰るまで持ちそうにない。うーん、後輩じゃないけど、ドライブスルー？　マックかどこかのドライブスルーが無難かな……。

「あの、せんぱい」

お寺の駐車場に停めたまま思案していると、後輩が言った。

「お昼ご飯はどうするか、決めてあるんですか？」

「え⁉　あ、いや、考えてなかったけど……」

後輩は首を横に振った。

「まったく、先輩には計画性というものがありませんね。空腹は集中の妨げになります。帰り道もテストは続くんですからね？」

ようやく試験官っぽいことを言った気がする。

「そうだな、マックのドライブスルーにでも寄るか？」

「却下です。ファストフードなんて、不健康です」

今度はママっぽくなった。

「じゃあ、近くのカフェか蕎麦屋でも」

「ランチタイムで、しかも日曜ですよ。どこも満席じゃないですか？　せんぱい、人目につくと困るでしょう？」

「そりゃそうだ」

こんなところまで知り合いが来てる可能性は低いけれど、なるべく人混みは避けたい。

「ふう……。しかたないですね」

後輩はブラウスの肩をすくめた。

「わたし、お弁当を作ってきたので。少し分けてあげますよ」

「…………は？」

ぽかん、と口を開けてしまった。

「弁当と聞くなり大口を開けて、そんなにおなか空いてたんですか？」

「驚いてるんだよ！」

驚きすぎて、開いた口が塞がらない。

後輩の手作り弁当で、一緒にランチなんて。

そんなんしたら、もうテストじゃなくてドライブ、いや、それどころかデ、デー……いや、もちろん僕にそんなつもりはないが。まったくないが。徹頭徹尾完全無欠空前絶後諸行無常にないないないありえない、がっ。

「驚くって何が？　……はは あ」

後輩が何か悟ったように頷いた。

「せんぱい。変な風に考えてませんか？」

ぎくりとした。

「……何がだよ」

「わたしのお弁当なんて、何かあるんじゃないか、毒でも入ってるんじゃないか、なんて。勘ぐってませんか？」

「…………」

毒って。

戦国時代じゃあるまいし。

ていうか、そこじゃねえよ。

「安心してください。なんの変哲もない普通のお弁当ですから。青酸カリもトリカブトも、ついでにわさびも夕バスコも入ってません。なんならわたしが先に毒味しましょうか？　はあ、まったく。いつも漢だなんだと小うるさいせんぱいが、こんなビビリだなんて」

「あー、もう。わかったわかった。食べる食べる。ありがたくいただきますっ！」

妙に意識してしまった僕がバカだった。

やっぱり深い意味なんてない。

テストがお昼時を越えるのを見越して、自分の弁当を作ってきて。ひとりで食べるのもアレだから、僕に分けてくれようとしてる。それだけのことだ。

「じゃあ、どこで食う？」

「お天気もいいので、外で食べましょう。ちょうどあそこに、ベンチがありますよ」

駐車場の片隅に、寂(さび)れた木造ベンチが置いてある。祈禱が終わってちょうどクルマもまばら。ここにお邪魔するとしよう。

ベンチに並んで、微妙な距離を置いて座った。

周囲がのどかすぎて、山から吹く風が気持ちよすぎて、ひなたぼっこしてる老夫婦みたいなムードが漂ってしまう。いや、良かった。変な空気にならずにすむ。

「弁当、ここに置いておきますので、勝手につまんでくださいね」

「ああ」

割り箸を受け取って、さっそく弁当に手を伸ばす——って。

……んんん？

「なんですか？　まだ何か文句でも？」

「……いや」

なんかね、弁当箱ふたつあるんスけど……。

後輩のスカートの横にある、小さな弁当箱と。

僕のデニムの横にある、大きな弁当箱。

おかずも変えてある。後輩のは野菜多めで、可愛らしいプチトマトがレタスにちょこんと飾られている。だけど僕のはお肉多め。甘辛く炒（いた）めた豚肉や、ひき肉入りのコロッケ、ごはんの上には鶏そぼろがのっかっている。

どう見ても、「少し分けてあげます」っていう代物じゃないんだけど……。

「……なあ、後輩」

「質問は受け付けません。嫌いなものがあっても知りません。我慢して平らげてください」

なんて、冷たく言い放つ後輩だが、むしろ僕の好物ばかりである。なんで知ってるんだ？

そういえば、以前学食で出くわして「またお肉ですか。まったく、野菜が足りてないから遅刻するんじゃないですか？」なんて憎たらしいことを言われたことがあったけど……。

「いや……。なんかふつーにうまそうだから」

本音が漏れてしまった。不覚にも。

後輩はキョトンとした後、「はいはい。お上手ですね」なんてつぶやいて正面を向き、箸を動かし始めた。プチトマトを箸でつまもうとして――ころっ、と取り落とす。またつまもうとして、ころっ。そんなことを、何度も繰り返した。

箸を持つ手が震えている。

自分が作ってきた弁当を食べるのに、こんな緊張するやつはこの世にいない。

時々、僕の手元を窺うように視線が動く。

もしかして、僕が食べるのを待ってる？

「……じゃあ、いただきます」

慎重に箸を伸ばした。

まずは豚焼き肉から。……ぬう。ジューシーでスパイシー。たぶんこれ、市販じゃなくてお手製のタレだな。アクセントのピーマンもシャキシャキ、食感が憎い。

コロッケも、冷めてるのにホッコリしてる。じゃがいもの味がしっかり感じられる。衣にちゃんとソースの味がついている。ひと手間加えてあるのだ。

そぼろごはんも手が込んでいる。おかずの味が濃いからか、あっさりめのそぼろ。ショウガをきかせてあって、食欲がそそられて――。

「……ぐ、ぐうう……うううっ」

胸をかきむしり、僕は唸（うな）った。

後輩があわてたように僕の肩をゆさぶる。

「せ、せんぱい⁉　どうしたんですかっ？」

「う、……う、う、う…………………うまい」

「は？」

「……うまい……うますぎる……」

認めたくはなかった。

親が医者で、家は金持ちで、学年トップの成績で、ルックスも他校からわざわざ見に来るやつがいるくらい可愛い（僕は認めてないぞ念のため）。

おまけに、料理までうまいなんて！

「ずるい……卑怯（ひきょう）だ……でもうまい……畜生……なんでこんなにうまいんだ……」

箸が止まらなかった。

ああ、うまい。うまい。可愛……可愛くない。だがうまい。ああうまい。可愛くない、かわいくない、かわいくない、……けどうまいっ……かわうまいっ！

後輩は「はぁ……」と心底ほっとしたように胸をなでおろした後、スンと表情を戻して銀髪を耳にかきあげた。

「それはそれは。毒は入ってなかったようで、何よりです」

憎まれ口を叩いて、水筒のお茶を飲む。

……まったく。

自分ではしっかり者のつもりなんだろうけど、こいつはけっこう、抜けている。

後輩の左斜め前方には高級車の代名詞・メルセデスベンツが停まっている。黒い車体は、顔が映り込むくらいピカピカに磨き込まれている。そのボディと、サイドミラーが、ちょうど僕から見た死角——後輩の左側を映し出している。

ほわほわと緩んだ頬。

こらえきれない、口元の微かな笑み。

何度もぎゅっ、ぎゅっ、と、小さく握りこまれる左の拳。

その、可愛らしいガッツポーズが。

ベンツ様のおかげで、丸見えなんだよ。

……ちくしょう。

…………………か、

…………………かっ、

…………………かわわわわぁぁぁーーーーっ！

「っ、ごっ、ごほっ⁉」

ごはんが変なところに入った。

米粒が逆流し、鼻と喉（のど）を行ったり来たり。弁当箱を置いて何度も咳（せ）き込んだ。涙が出て、鼻水まで垂れてきた。大惨事だ。

「ムホッ！　ゴホッ、ゴッホォッッ‼」

「な、何やってるんですかもうっ！」

後輩が背中をさすってくれる。だが、今はやめてほしい。その柔らかくて小さな手がくすぐったくって、なんかもう、照れくさいやら苦しいやら、そこらを走り回りたくなる。

「はい、お茶。武士の情けです」

「かたじけないっ」

後輩のくれた麦茶を飲み干し、気道で迷子になっていた米粒を胃の中に流し込む。

……ふーっ……。

生き返ったあ……。

ふと視線を隣にやれば、命の恩人が僕の顔を凝視していた。

「せ、せんぱい……」

「へ？」

「お鼻から、……そ、そぼろが」

鼻の穴に触れてみた。

「と、取れた？」

「まだ、へばりついてますっ」

後輩が差し出した手鏡を覗き込んだ。

みょ〜〜〜ん。

みょ〜〜〜ん、って感じで、垂れている鼻水にひっついた大粒のそぼろが、右の鼻穴から飛び出している。超でかい鼻くそのようにも見える。あるいはほくろ？

なんとも間抜けな絵面で――。

「〜〜〜っっ」

あわててティッシュで鼻をかんだ。

隣では、何故かうつむいている後輩の肩が、震度三を記録している。

「……いえ、笑ってません。笑ってませんよ？」

しばらくして顔をあげた後輩さんのまなざしは、あふれんばかりの慈愛に満ちていた。

「そうですよね。いくら漢とはいえ、鼻からそぼろくらい出しますよね。ロマンですよね」

「そぼろとロマンは関係ねえっ！」

「記念に撮ってもいいですか？　来月の校内ニュースに載せたいです」

「やめてくれえええええええええええええええええええええええ」

やっぱり……。

やっぱり、やっぱり。

やっぱりこいつ、可愛くねえッッッ!!

【東旅用語集】

高尾山

登山者数世界一を誇る八王子の観光名所です。
サンダルやハイヒールで登る人も見かけますが、念のため歩きやすい服装で行った方が良いと思います。
名物はとろろそばです。

JOURNEY. 3

夏への扉、北への扉

波乱に満ちたランチを終えた僕らは、高尾山に別れを告げた。

帰り道っていうのは、たいていの場合静かなものだ。クルマだろうと電車だろうと、遠足にせよ修学旅行にせよ、行きはあんなにおしゃべりだった友達が、帰りはぐでっと眠りこけてる。引率の先生でさえも船こいでる。それが当たり前の光景だ。

ドライバーの僕としては、睡魔との戦いでもある。

ところが――。


「まったく、せんぱいにも困ったものです」


助手席に座る我らが後輩さんは、一生、しゃべりっぱなしである。

おかげでぜんぜん眠くならない（うるさいけど）。

「あわてて食べるから、むせるんです。子供の時教わりませんでしたか？　ごはんはゆっくり、しっかりかんで食べなさいって」

年下のくせに、もはやこいつが先輩、いや「おかん」って風格を醸し出している。ママって呼んだら殴られるかな？

「しかも、鼻からそぼろは出しますし」

「だッ、出したくて出したんじゃねえよ！」

くそっ、この雪女め……。

いつもムスッ、ブスッとしてるくせに、僕にマウントを取れるのがそんなに嬉しいのか？　学校じゃこんなに口数が多くない。「はい」「いいえ」「校則違反です」「バカなんですか？」この四つしか聞いたことないレベル。

学校の連中が今日の風紀委員を見たら、驚くんじゃないかな……。

「あー、ところでな。後輩ママ先輩」

「妙な呼び方はやめてください。……なんでしょう？」

「結局、僕の運転はどうなんだ？　テストは合格なのか？」

後輩はしばらく考え込むように人差し指を唇に当てた。

「そうですね。運転技術は、問題ないと思います」

「……おお」

「というか、上手です。横に乗っていて安心感があります。交通ルールやマナーもきちんと遵守できているように思いました。若葉マークとは思えないです」

まさかの絶賛だった。

この毒舌な後輩にここまで褒められるなんて。

「おおおお……っ」

初めて家族以外の人間を乗せて、こんな風に言われると……。

正直、めちゃめちゃ、めっちゃ！　嬉しいなっ。

「じゃあ、合格ってことでいいのか？」

「はい。ひとまず学校への報告は控えます」

「――っしゃぁ!!」

ハンドルを握っていなかったら、ガッツポーズしていただろう。

そんな僕を見て、後輩はふっと目を細めた。

だが、すぐにまた、いつものお説教口調で言った。

「ですが、まったく問題がなかったわけではありません」

「というと？」

「わたしがナビしている時、道の方向を間違えることが何度かありましたよね。実はせんぱい、けっこうな方向音痴なのでは？」

驚くと同時に、感心してしまった。

「ほんと、よく見てるなお前」

「別に見てませんけど。……あっ、いえ、運転は見てましたけど、ともかく道に気を取られていたら、運転がおろそかになることもあるんじゃないですか？」

「……まぁ、確かに」

でしょう？　と後輩は大きく頷いた。

「せんぱいの運転には、優秀なナビが欠かせないと思います」

「でもこのカーナビ、ＡＩつきの最新式なんだぜ」

「…………。その最新式を使いこなす自信はあるんですか？」

むむ……。

妖怪「ああいえばこうゆう」おババめ。

「わかったわかった。夏休みまでに対策を考えておくよ」

「ぜひ、そうしてください」

……それにしても。

夏旅に出るまでに、カーナビの使い方を完璧にマスターしておかなきゃならないな。

今日は本当に、いろいろと、世話焼きさんである。

鮎川あやり。

なんなんだよ、もう。

僕らは出会ってからというもの、ずっとケンカばかりだった。今日だって小競り合いが絶えなかった。とても円満なドライブとは言えない。

しかし――。

今日はケンカばかりではなく、いろんな世話も焼いてくれた。

お守りをくれたり。

丁寧にナビしてくれたり。

祈禱殿のこと教えてくれたり。

おまけに、うまい弁当を作ってくれたり。

「…………」

思っていたより、悪いやつじゃないのかもな。

僕のことが嫌いで嫌いでしかたないんだろうなって思いこんでいたけれど、「超絶・嫌いです」ではなく「超・嫌いです」くらいなのかもしれない。

「絶」が取れたくらいで、何が変わるってわけじゃないけどさ。

「…………ふわ」

「どうした後輩？　眠いか？」

「ねむく、ない、です」

それからもう一度あくびをした。今度は顔を背けて、口元に手をあてて、こっそりと。

「着いたら起こしてやるから、今度こそ寝ていけよ」

後輩は首を大きく振り、しゃんと背筋を伸ばした。

「だから眠くありません。最後まで見張っていますから。言っておきますが、何か違反が見られたら即、さっきの合格は取り消します」

「へいへい」

「お返事は一回です」

「へいへいほ━━━━━━━━━━━━━━━━━━━━━━ん」

「……今ので完全に目が覚めました。覚悟してください」

ま、嫌われてるだのなんだのは、どうでもいいけれど。

この可愛くない後輩に借りができてしまったのは、確かなようだ。

◆

それからしばらく、僕らは無言になった。

温かみのある古いエンジンの音が沈黙を埋めてくれる。そのせいか、気まずくは感じない。行きよりもゆったりと時間が流れている。僕はアクセルを踏む足に伝わる振動を感じながら、心地よいスピードに身を委ねていく。

助手席の後輩もおとなしくしている。

やっぱり寝ちゃったかな——と横目を使えば、行儀良く腿の上に手を置いたまま、じっと周りの交通に目を配っている。最後までナビ役は怠らないというわけだ。このまっすぐさだけは、認めざるをえない。

国道十六号を経て、多摩ニュータウン通りにつながる都道へと出た。

このままずっと道なりにいけば、集合場所のファミレスへと戻る。

「そろそろ、終わりですね」

沈黙のなかに、後輩の声がぽつんと響く。終わり。到着ではなく、「終わり」。何故か、そういう言い方をした。

さて。

いつもならこのまま解散、とっとと解散、さらば！　ってなところなんだけど。

今日ばかりは、借りが大きすぎてな……。

このままだと寝付きが悪い、少しでも返しておくか。

「ついでだから、家まで送ってやるよ。ついでだから」

さらっと言ってみた。サラサラのサラッ、声色には細心の注意を払った。ただのついでですよー、クソほどの優しさもありませんよー、というニュアンスである。

しかし、後輩には通用しなかったようで、

「そういうのはもっとイケメンさんが言う台詞です」

「ハイハイ。ブサメンがイキッて申し訳ありませんでしたぁー」

人差し指で鼻を持ち上げ、ブタ鼻を作った。それを見た後輩は噴き出しそうになり、あわてて顔を引き締めた。ふっ、未熟者めが。

「と、ともかく、お気持ちだけ受け取っておきます」

「借りは返しておきたいんだよ。家を知られるのが嫌なら、どこか近くで下ろしてやるから」

「本当に結構です。ここからはまだ遠いので」

「……ん？　遠い？」

　後輩は「あっ」と自分の口を両手で押さえた。

「遠いってお前、この近くに住んでるからあのファミレスを指定したんじゃないのか？」

「いえ、それは……」

　舌鋒鋭い後輩にしては珍しく「えっと」「その」なんて言いよどんでいる。

「本当はどこなんだよ、お前んち」

「その……別所、です」

「別所⁉」

　それは、ここから駅を挟んで反対方向にある住宅地の名前だった。新しくて綺麗な街並みで知られるが、かなり遠い。少なくとも徒歩で行ける距離じゃない。

「じゃあお前、ファミレスまでどうやって来たんだよ」

「……バスを、乗り継いで……」

　よほど言いたくなかったのだろう。うつむきながらぼそぼそと言った。

「バスだと駅を経由するから一時間以上かかるだろ。なんだってこんな遠いところを待ち合わせにしたんだよ?」

「べ、別にせんぱいのためじゃありません。わたしだって見つかったら困りますから」

「それはお互い様だ。お前が一方的に損してるじゃないか」

遠いファミレスを集合場所にしても、クルマの僕は困らない。後輩を下ろしたらすいーっと帰るだけだ。だが、後輩は一時間以上かけて、バスと徒歩で帰らなくてはならない。

「何で言わなかったんだよ、ったく……」

こんな後輩だっていちおうは女だ。そろそろ日も落ちてくる。暗い道を一人で歩かせるわけにはいかない。

これ以上借りを作って、たまるかよ。

「飛ばすぞ」

安全確認の後、ウインカーを出す。後続車が来ないのを確認してすみやかに車線変更。この先の交差点を左折するところを、右折に変えた。

「せんぱいっ?」

「ともかく送る。嫌でも送る。泣き叫んでも送る」

スムーズなコーナリングを経て、ぐんぐんクルマは加速する。今日一番の速度だ。

「いけませんっ」

後輩が僕のシャツの裾に手を伸ばそうとして、途中で止めた。あくまで運転の邪魔はしない。本当に、性格以外は完璧なナビだ。

「だめですせんぱい、見つかっちゃいます」

「別所なら長池公園が近い。あそこで降ろせば人気も少ないし、問題ないだろ」

「だめですってば！」

後輩が焦った声を出す。

「ここから長池公園に出るには、河出塾の前を通らなくてはいけません。あそこには南城生が多く通っています。ちょうど今の時間、講義終わりの生徒と出くわす危険があります」

「……あー」

確かにリスキーである。うちのクラスからも何人か通ってる。素通りできればいいが、塾の前の信号でひっかかってしまったらヤバイ。

しかし、だからといって。

漢・沢北廉太郎。一度吐いた台詞を呑み込むほど落ちぶれてはいない。

「安心しろ後輩。こんなこともあろうかと――」

交差点の信号で停まると、僕は運転席のサンバイザーを開けた。そこの小物入れに入れておいたブツを取り出す。

「サングラス？」

「もう西日も差してきてるし、不自然じゃないだろ？」

クラスメイトは僕が免許を取ったことを知らないし、クルマを運転してるなんて考えもしないはず。雰囲気を変えれば、運転席の主が僕だと気づかれる可能性は少ないだろう。

「お前もかけろ。後輩」

「わたしも？」

「ダッシュボードに母さんの使ってるサングラスが入ってる。あと、帽子もあるからかぶっておけ。お前の髪は目立ちすぎる」

帽子は母さんが銭湯に行くときにかぶっている野球帽だ。

「時に後輩、お前、抜け毛は多いほうか？」

「？　いえ、少ないほうだと思いますけど」

「グッド」

帽子に銀色の髪がついていたら、母さんへの言い訳が大変だからな。

僕は前髪をかきあげてから、すちゃっとサングラスをかけた。

ふふん……。

実はけっこう、憧れてたんだよね。

夕陽に照らされながら、暮れなずむ街をクルマでかっ飛ばす。サングラス越しに眺めるセピア色の街は、いつもとは違う大人の風景。クルマという自由の翼を生やした僕は、そのアダルティック&アダルティな世界を自由自在に疾駆することができる。

ルームミラーに映った僕の顔は、思った通り、ヤバイ……。

ヤバイくらいキマッてる。

免許を持ち、クルマを操り、サングラスの似合う僕のことを十八歳の高校生だと思うやつは、もはやいないだろう。大人の男、一人前の漢というわけだ。ヤバイ。

どれ。

見惚れられても困るが、後輩さんの感想でも聞いてやるか。

「…………」

助手席を見ると、そこには芸能人がいた。

サングラスをかけて、帽子を目深にかぶった後輩の姿は、人目を忍んで休日を楽しむ芸能人みたいだった。変装していてもなお、隠しきれないイケてるオーラというか、なんというか……。いやおかしいだろ。なんでこんな似合ってるんだよ。うちのおかんのだぞ。今日も出がけにぬか床かきまわしながら「廉太郎、帰りに洗剤買ってきて。長細いやつ」とか言ってたおかんのだぞ。そのわかりにくい手がかりやめろ。

しばらく見惚……いや、見つめてると、後輩がぷっと噴き出した。

「せ、せんぱいっ」

「いっ、いや、僕はお前のことなんか別に見てな」

「サングラス、似合わないですねっ」

「⁉」

⁉⁉⁉

！！！！！！！！？？？？？？？？？？？

「それなら気づく人はいませんね。だって似合ってないですもん。いつものほうが絶対かっ……いえ、マシですねっ」

無慈悲に言い放つと、後輩はまた肩を揺らしはじめた。

「ま、マジ？　似合ってない？」

「はい、刑事ドラマのやられ役のチンピラさんみたいです」

う、うそだ……。

嘘だッッッ‼

「ふ、ふぅ～ん？　ま、まぁ、価値観はひとそれぞれだからなー。そういう意見もあるかなー。まぁ、お前もサングラスかけてるからなー。よく見えないのかもなー」

後輩がいっそう大きく肩を揺らす。

……ちくしょう。

ちくしょう、ちくしょう。

ぜったい、

ぜったいキレイになってやる！

いつの日かリベンジを誓う僕の耳に、小さな小さな、独り言のような声が届いた。

「ありがとう、せんぱい」


横目を使うと。

休日の芸能人の頬が、なぜか赤く染まっていた。

……ちぇっ。

まぁ、落ち込んだ顔よりは、そっちのほうがマシだけどさ。

◆

ほどなくして、クルマは長池公園横の道路に入っていった。

駅から数キロ離れたところにあるこの公園は綺麗で広くて、深い緑にあふれている。ドラマのロケなんかにも時々使われたりするらしい。ようは人気がないのである。

南城生にとっては、デートの穴場でもあるらしい。

たまに意外な二人が歩いてたりするんだぜーって、ゴシップ好きな悪友が言っていた。

彼女のいない僕には縁のない場所だな。

「本当、静かなところだよな」

「でも、夏はセミがすごいんですよ。からだに声がぶつかってくるみたいに、泣きじゃくるんです」

セミが泣きじゃくる、って変な言い方だと思った。でも、近隣住民にしてみたらそんな感じなのかもしれない。

「ここにはよく来るのか？」

後輩に彼氏がいるという話はとんと聞いたことがない。いる？　いない？　みたいなことは男どもがよく議論している。「ま、いてもおかしくないよねー。イケメンの大学生とか、金持ちの起業家とか」というのは、これまた悪友の言。

「はい。犬のおさんぽで」

悪友、不正解。彼氏は犬だ。

「へー、犬飼ってるんだ。……あ、どこで停めればいい？」

「じゃあ、そこのバス停のところで」

路肩に寄せて停車した。周囲にクルマは走っていない。右手が公園で、左手が住宅街。新しめの綺麗な家がいくつも立ち並んでいる。後輩の家も、このどれかなのだろう。うちの築四十年のボロ家とは大違いだ。

「それじゃ、今日はありがとな」

「あ、はい……。ありがとうございました」

ところが、後輩は降りようとする気配がない。うつむき加減に、スカートの上で両手の指を絡(から)ませ合っている。もう帽子とサングラスは取っていて、その重苦しい表情がオレンジ色の陽射(ひざ)しに照らされていた。

「家、まだ遠いのか？」

「いえ、ここから歩いてすぐ、なのですが……」

後輩の視線が、車窓ごしに住宅街の路地を泳いだ。

「その、予定より早くついてしまったので、少し時間を潰(つぶ)さなくては」

「……ふうん」

今すぐ家に帰っちゃまずい理由が、何かあるのだろうか。

自分の家なのに？

大事なお客さんが来ているとか、あるいは断水してるとか、まぁ、何かあるんだろう。

「じゃあ、もうちょいそこらへん流すか？」

「いえ、いいです。適当に回り道して帰りますから」

「あのなお前、それじゃあ送った意味がないだろ」

公園に生い茂る背の高い木々のせいで、辺りはかなり薄暗い。いくら近所とはいえ、ぶらつくのは危険だろう。後輩が何を考えていようと知ったことではないが、送った意味がなくなるのはガソリンの浪費、資源の無駄だ。

「僕はこれでも、地球に優しい男でありたいと思ってるんだ」

「は、はあ?」

「ってなわけで、延長戦。行くぞ」

「あっ、ちょっと……」

言いかける後輩を無視して、さっさとクルマを発進させた。どうせ素直に従いはしないんだから。「もういいかげん降ろせ」と怒り出すまで、近場をぐーるぐるしてやろう。

再び加速する車内で、後輩はほうっと長いため息をついた。さっきの重苦しい表情が少しだけ和らいでいる。強引に連れ出して正解のようだ。

長池公園の外縁をなぞるように、なめらかにクルマを走らせる。一日の疲れがあっても、ハンドルに乱れはない。ブレーキもアクセルも、足に吸い付くみたいな感覚。世間では運転しづらいと言われるこのクルマを、手足みたいに操れているという手応えがあった。

今日一日で、自分の運転に自信が持てた気がする。

それは、まあ、悔しいが——助手席にいる、誰かさんのおかげなのだろう。

運転技術のテストだなんて言われて気が重かったけど、「終わりよければすべてよし」ってことにしておこうか。癪だけどさ。

　赤信号の待ち時間、後輩が口を開いた。

「そういえば、せんぱい」

「ん？」

「夏休み、クルマで旅に出るって言ってましたね。ご家族と行くんですか？」

「いいや。ひとりで」

「ひとりで旅行に？」

　後輩は目を丸くした。

　まぁ、これが普通の反応だ。

　普通の人々にとって、旅行とは、誰かと一緒にワイワイガヤガヤ行くものなのだ。

　もちろんこの僕、沢北廉太郎は違う。

「この前も言ったけど、みんなで行くのは『普通』だろ」

「また、それですか」

　後輩は呆れたように言った。

「せんぱいはやたらと『普通』を嫌がっているようですが、何か理由が？」

「理由らしい理由はないけど――」

　言いながら、僕は「ん？」と思う。

なぜ後輩にこんな話をするんだろう。誰にも話したことがなかったのに。

「強いて言うなら、『なまはげ』かな」

「な、なまはげ？　あの、秋田の？」

「そうそう」

秋田県は男鹿半島の伝統行事で、なまはげと呼ばれる神様のかぶり物をした集団が模造の出刃包丁を持って「悪いごはいねがー」と家々を訪ね歩くお祭りだ。

「小学校二年生の時かな、学校に行く前、朝のニュースでなまはげ祭りの中継をやっててさ。『あんなのこどもだましだ。くだらない』って言ったら、父さんが――」

「子供の頃から生意気だったんですね。お父様に怒られたんでしょう？」

「いや。その日のうちに、このクルマで秋田まで連れてってくれた」

「なぜそうなるんですか⁉」

後輩が驚くのも無理はないが、そういう親父だったのである。

「リアルで見ると怖かったよ、なまはげ」

「は、はあ……」

ニュースでは安っぽく見えたのに、実物は――祭りの雰囲気のせいか、恐ろしい存在に見えた。ＴＶではハリボテにしか見えなかった仮面が、おどろおどろしい怪物に見えたのだ。

「二人で満足して帰ってきたら、母さんにめちゃめちゃ怒られてさ。『学校まで休んで、普通そんなことしないわよ！　ネットで動画でも見ればいいじゃないの』って。いやー、なまはげより怖かったわ」

「お母様に同意します」

「次の日学校で自慢したらさ、友達もみんな言うんだ。『おまえそれ、ヘン』って。普通、そんないきなり旅行に行ったりしない、前もって計画立ててから行くものだって」

「友達のみなさんに同意します」

「家に帰って父さんに話したら、笑ってこう言ったんだ。『でも、きりたんぽ鍋美味（うま）かったよな？』って。うん、確かに美味かった。祭りも面白（おもしろ）かった。それは、『普通』にしてたら、絶対わからないことだろうって」

「――面白い方だったんですね。せんぱいのお父様らしいです」

　後輩の声は、何故かうらやましそうだった。

「それでせんぱいは普通を嫌うようになって、今回はひとり旅に出ようと？」

　我が意を得たりと、僕は頷く。

「そう。僕の旅は『普通』じゃない。誰かといいねを共有しあうためのものじゃない。自分自身の五感で、景色を、匂（にお）いを、風を感じるためのものなんだ。自由の風が頬にあたるのを感じつつ、夏の青空の下をクルマで疾走する。まさに疾風のごとく！　――そう、この夏、僕は自由な風になるのさ！」

キマった……！

と、思いきや、後輩は冷たい声で言った。

「スピード違反で捕まりますね」

「スピ……いや、もちろん法定速度は守るよ！」

「自由じゃないじゃないですか」

「こっ、交通ルールは別だ！　違反金高いし！」

違反切符なんか切られたら、旅費が吹っ飛んでしまう。スピードは出していないのに、パトカーを見ると心臓が飛び跳ねそうになるのは僕だけじゃないはずだ。

「普通の旅が嫌な理由はわかりましたが、今回の目的地は？」

「……」

「たったひとりで、クルマで、どこまで行くつもりなんですか？」

「………それは」

もう。

こうなったら、話してもいいだろう。

まだ悪友と家族にしか話してない僕の計画、まさか後輩に話すことになるなんて思いもしなかった。しかし免許取得がバレている以上、秘密にする意味もない。

「北海道」

そう告げた瞬間、意外なことが起きた。

後輩の顔に驚きが広がり、大きく口を開けて何度も瞬きする――ここまでは予想通りだ。

「まさかそんな遠いところまで」「せいぜい富士山くらいだと思ってました」とか、まぁそんな感じの反応を予想していた。

だが――。

後輩の顔に浮かんだのは、驚きだけじゃなかった。

「ほっかい、どう」

初めてその単語を耳にした幼児みたいに、後輩は発音した。

驚きに見開かれた目、その瞳（ひとみ）がキラキラと輝いている。

だけど後輩は、目の前の僕を見ているわけじゃない。僕を通して「何か」を見ている。

それはまるで――まぶしい「何か」を見つめる目。

自分には手の届かない「星」を見上げるようなまなざしだった。

「後輩？　どうした？」

呼びかけると、後輩はハッとしたように口を閉じた。

うつむいて何度も首を振る。

次に顔を上げた時には、もう、瞳のキラキラは消えていた。

「北海道なんて、またずいぶん遠いですね。免許取り立てのせんぱいでは、さすがに無謀じゃないですか？」

「無謀かどうかはともかく、遠いのは確かだな」

「そもそも、どうやってクルマで行くんですか？　津軽海峡がありますよね？」

「茨城の大洗ってところからフェリーが出てるんだ。夜にクルマごと乗船して、お昼には苫小牧に着く。そこから札幌、小樽、富良野、函館、その他もろもろ。二週間くらいかけて全部回る」

後輩は何度も瞬きを繰り返した。

「全部って……欲張りすぎでしょう。大人だってそんな長旅はなかなかしないと思います。しかも高校生が、一人で、クルマで、だなんて」

そこのところは、僕自身、自問自答したところである。

しかし、

「じゃあ、何歳なら無謀じゃないんだ？　免許取ってからどれくらい待てば、安全と言えるんだ？　大人なら事故らないって保証があるのか？　ベテランほど運転に慣れて雑になるって見方もできるだろう？」

後輩は怯んだように顎を引いた。

「……それは、明確な基準があるわけではないと思います。でも、少なくとも初心者のうちは、やめておいたほうがいいと判断するほうが多数派じゃないですか？」

「そうだな」

後輩の言うこともわかるのだ。

客観的に見て、「若葉マークじゃ無謀だからやめろ」という意見は、あって然るべきだ。その方が賢明と言えるかもしれない。

だが、僕にだって譲れない理由がある。

「高三の夏休み——僕の夏休みは、これが人生最後かもしれない。父さんが亡くなってから、母さんほとんど休めてないし、趣味だったお寺めぐりとかも行けてなくてさ。僕が継いでも、やっぱりそうなると思う。だから——今行くって決めたんだ」

後輩はしんみりと言った。

「せんぱいは……お母さん思いなんですね」

「は？　なんで？」

「高校卒業したら、お店を継いでお母さんを楽させたいってことでしょう？　だから、高三の夏休みにやりたいことをやりきろうって」

後輩の声も、まなざしも、いつもより優しかった。それがどうにもむずがゆい。いつもは僕のこと見損ないすぎだが、今回は買いかぶりすぎである。

「……………別に、そういうんじゃねーし」

孝行息子だなんて思われたのだとしたら、訂正しなくてはならない。

「北海道に行くのは、あくまで自分のためさ。誰かのためじゃない」

後輩は首を傾げた。

「北海道に、何があるんですか？」

「ラベンダー畑」

らしくないって笑われるかもしれない、そんな風に思いながら話す。

「小学四年生の夏休み。家がコンビニを始める前の年、家族で富良野のラベンダー畑を走ったことがあるんだ。父さんの運転で。このクルマで。その時の光景が忘れられないんだ」

一面に広がる、紫色の花。

車窓から飛び込む、涼やかな風。

からだじゅうの細胞が洗い流されるような、爽やかな香り。

あの富良野の空気には、味がついていた。

もしも「自由」に味があるとすれば、絶対にあの味だって、僕は信じている。

「その時に僕は誓ったんだ。自分の力でもう一度ここに来ようって、そう誓った」

父さんは、僕によく言っていた。

――夢っていうのは、遠い未来に叶えるもんじゃない。

――親のことも、世間のことも関係ない。

――今すぐ、叶えろ。

「…………」

後輩はまた黙り込んでしまった。

信号が青に変わり、僕はクルマを発進させる。もうとっぷり日は暮れている。街路樹の並ぶ歩道に街灯がともり、時々すれ違う対向車のヘッドライトが僕らの顔を照らしていく。

薄闇の中で後輩が言った。

「でも、それでも心……危ないですよ。慣れない道では何が起きるかわからないじゃないですか。ただでさえせんぱい、方向音痴なのに」

「そう言われると一言もないな」

やっぱり、これが普通の反応だ。

危ないからやめとけって言われる。

うちも、母さんに話した時は一悶着あった。「あんた一人で事故るならいいけど、よそ様に迷惑かけたらどうするの」って。まあ、最後は「安全運転を厳守する」「お土産は毛ガニ、クールで送る」ということで納得させた。ちなみに妹は「もえはチョコレート！　あとトウモロコシ！　それと牛乳！」ってな感じ。

「普通はまず、親が止めるよな」

「…………」

「おまえんちだったら、絶対許してもらえないだろ？」

「…………親…………」

その瞬間、後輩の表情が急速に冷えていった。

いつもの後輩、いや、いつもよりさらに冷たく、無感情な「雪女」へと変わっていく。雪どころか、氷どころか、ドライアイス。それは、劇的な変化だった。今日一日ドライブを共にした相手とは思えない急激な変化、いや「変身」だった。


「親は、何も言いませんよ」


突き放すように、後輩は言った。

「父は、何も言わないと思います。わたしが旅に出ようと、どこで何をしていようと」

「…………そうか」

後輩の声は刺々しく、そして、どこか痛々しくもあった。だが、顔にはなんの表情も浮かべてはいない。あらゆる感情を押し殺しているかのようだ。

複雑な事情があるのは間違いない。

わざわざ「父」って言ったところを見ると、母親はいないのだろうか？

でも、前に「お母さんに電話してきます」って言ってたよな。

銀髪と色白は母親の遺伝なのかなって、なんとなく想像していたけれど……。

「…………」

やめよう。余計な詮索は。

僕に事情があるように、後輩にだって事情はある。特に、家庭の事情ってやつは厄介だ。いくら優等生の風紀委員だって、知られたくないことのひとつやふたつはあるだろう。相手が僕であれば、なおさらだ。

「……はぁ」

「……ふぅ」

僕たちは同時にため息をついた。今日一日の疲れがどっと出ている。しばらく無言でクルマをゆっくり走らせた。

ふと後輩が腕を持ち上げ、ピンクの腕時計を見た。僕もつられてカーナビの時刻表示を見る。今は夕方六時を少し回ったところ。外はもう真っ暗だった。

「せんぱい。ありがとうございました。あそこで降ろしてください」

「……わかった」

もう少し近くまで送ろうかと言いかけて、やめた。さっきのバス停はすぐ近くにある。帰宅時間ということで、クルマの通りも増えている。もう心配はないだろう。

助手席のドアが開き、後輩のスカートが翻る。公園のむっとするような草木の匂いが車内に流れ込み、入れ替わりに清潔な香りが外へ出て行く。

後輩は一度だけ振り返り、曖昧な笑みを浮かべて、ぺこっと頭を下げた。

「それじゃ、せんぱい」

「ああ」

長く濃密な一日の幕切れにしては、実にあっけない終わり方。

「さよなら」も「またね」も「バイバイ」もない。そんな別れ方。

だけど、まぁ……。

そもそも僕らは、こんなもんか。

「今日だけが、特別だったんだ」

夜目にも明るい銀髪が、その隙間から覗く白いうなじが、住宅街に吸い込まれていく。

それを見送った後、僕は一人分軽くなったクルマのアクセルを踏み込んだ。

◆

家に帰る前に、店に寄ることにした。

寄るといっても、沢北家が経営するコンビニは僕んちの真裏である。このコンビニも含めて我が家、全国どこにでもあるありふれたコンビニも、僕にとっては楽しい我が家だ。

ガラス張りの店内から漏れる煌々とした光に照らされた駐輪場には、バカでかい緑色のバイクが停まっていた。戦闘爆撃機みたいなバイクだといつ見ても思う。ハンドルに隠された秘密のボタンを押せば、ヘッドライトの横からミサイル発射管がガシャンと出てくる、とか言われたら僕は絶対信じる。

駐輪場隣の喫煙コーナーに煙が立ち上っている。栗色の髪の、背の高いつなぎ姿の女性が煙草を燻らせている。月のない夜空をぼんやり見上げながら、軽く壁に背中を預け、赤い唇を突き出し、じわじわ煙草を短くしていくのがその人の吸い方だった。僕は喫煙者になるつもりはないけれど、この人の吸い方、いや、嗜み方はかっこいいと思う。

「雫さん！」

クルマを降りて手を振ると、彼女はひらっと手を振り返した。

「お帰り、青少年」

「いい加減、その呼び方止めてくださいよ」

苦笑してしまう。初めて会った中三の時からずっとそう呼ばれているが、まだ一人前の男としては見られてない気がする。免許を取ったらもしかしたら、なんて思っていたけれど、やっぱり変わらないようだ。

僕が歩み寄ると、雫さんはまだ長い煙草をスタンド灰皿へ落とした。間際に見えた吸い口の赤いルージュにどきりとする。

「別に吸っててもいいのに」

「前途有望な若者にニコチン吹きかけるのは、忍びないからね」

自分だって若いくせに、と思う。

崎山雫さんはうちでバイトをして四年目になる。偏差値がクソ高い大学の四年生だが、就職はしないらしい。貯めたお金がつきるまで、気ままなバイク旅をすると言っていた。「かっこいいですね」と言ったら、ばーか、と笑っておでこを小突かれた。「あたしみたいになるなよ」。

「今日はもう上がりですか？」

「うん。君はドライブだったの？」

「はい、高尾山まで」

「ふうん。彼女と？」

「……やー、」

まぁそんなところです、なんて笑って言えたらかっこいいのにな、なんて思う。

相手が後輩じゃなかったら、ただのクラスメイトの女子とかだったら、見栄を張ってそう答えたかもしれない。

「……その、敵と」

「敵？」

細く描かれた眉毛（まゆげ）がくにゃっ、と曲がる。

「なあに？　女の子じゃないの？」

「仲悪いんすよ。あっちも僕を男とは思ってないと思います」

雫さんはおかしそうに笑った。

「そんな子とドライブに行ったの？　なぁんか、おもしろそ」

「いやあ……別に面白くはないですけどね」

「ケンカばかりしていた女の子といつの間にか恋に落ちる。定番（テンプレ）じゃない？」

「僕とあいつに限って、それはないです」

ぴしゃりと言うと、また雫さんは笑った。

「若いねえ」

「……若いとか、関係あるんですか」

「定番（テンプレ）からはみだそうとして。破ろうとして。もがいて。だけどいずれ、実はそれが一番なんだって気づくのさ」

「はあ。そういうもんですかね？」

「『みんな』はそうだよ。君がどうかは知らない」

ん、と雫さんは軽く伸びをした。黒いライダースーツの豊かな胸が張り詰めて、目のやり場に困ってしまう。

「萌ちゃんから聞いたけど、夏休み北海道行くんだって?」

「はい。クルマで一人旅です」

「するねえ、冒険。あたしがバイクで北海道行ったのも高三の夏だったな」

「それを聞いたのも、あるんです」

僕はこの人の影響を大いに受けている。時々話してくれる旅の話やバイクの話、キャンプの話、どれもこれも本当にわくわくして、自分もやってみたいと思わせる魅力に満ちていた。

雫さんは苦笑して栗色のショートヘアをかき交ぜた。

「責任感じちゃうなあ。事故んないでよ?　頼むから」

「はい。気をつけます」

「しっかりしたナビ役がいればいいんだけどね。居眠り防止にもなるし。誰かいないの?」

「……」

僕の頭をよぎったのは、やっぱり、あの後輩の横顔。今日一日飽きるほど見たあの白い頬、か細い首すじだった。

「いないですよ。僕はひとりがいいんです」

「そっか」

それもまた良し——そんな風に、雫さんは頷いた。

「じゃあ僕は駐車場の掃除していくんで」

「ご苦労様。あたしはもう一本吸ってくよ」

雫さんは煙草のパッケージを指でとんとん叩いた。その小気味のいい音を聞きながら、裏の物置に箒を取りに行く。隣を通る時、柑橘系のいい匂いが鼻をくすぐった。雫さんの香水の香りだった。

後輩とは、違う香り。

「……」

「どうしたの？　青少年」

そんなの当たり前なのに、比べる必要なんてないのに、そんなことを思った自分に驚いた。憧れの女性を見て、大嫌いな後輩のことを思い出すなんて。自分で自分の感情に説明がつかない。僕は雫さんに顔を向けられず、しばらくその場で立ち尽くしていた。

「いえ、なんでもないです」

「そう？　ぼうっとしてたけど」

しっかりしなよ、と背中を叩かれた。つんのめりそうになりながら、僕は歩き出す。

雫さんは、僕の憧れの人だ。僕が年上の女性に惹かれるのは、多分に彼女の存在が大きいと思う。もし、お前は明日死ぬから誰かにコクれと言われたら、僕はきっとこの人をデートに誘うだろう。

何度か妄想したこともある。

僕が免許をとった初ドライブ。助手席には、にっこり微笑む栗色のショートヘアの女性がいて、優しくナビしてくれる。二人で海を見に行って、潮風に吹かれながら、波の向こう側の異国に思いを馳せる。帰りは夕陽の沈む海岸線の道路を走りながら、これからのことを話し合うのだ。

だけど、今日、僕の隣にいたのは。

その髪の色は。

――しっかりしろ、沢北廉太郎。

何度も首を振った。掃除に没頭することで忘れようとした。原始的な竹箒。これでよく、父さんは掃き掃除していた。地面に刺さりそうなくらいしっかりとした穂先で、アスファルトをひっかくように掃き清めていった。

◆

今日一日のことを振り返りながら、僕は布団の中で天井を見上げていた。

壁の丸時計の指す時刻は午後十一時五十分。ギリギリまだ「今日」に片足を残している。僕はぼんやり目を開けたまま、つい昨日夏用に変えたばかりの防虫剤の匂いがする布団にくるまっている。

もう一時間くらい、眠れずにいる。

身体は疲れきっているのに、頭が冴えている。あきらめて本を読むかゲームでもしようかと思うのだが、なんとなく起き上がる気になれなかった。

ぼんやりとした思考は、やっぱり、今日のドライブのことへ回帰していく。

あの鮎川あやりと一緒に高尾山へ行ったなんて、誰に言っても信じないだろう。悪友に話したら、鼻息荒く迫ってきて根掘り葉掘り聞かれること疑いない。

今日のことは、絶対、誰にも話さない。

後輩もきっと話さないだろう。

二人だけの秘密にして、このまま、忘れ去るべきだ。口裏を合わせたわけじゃないけど、あいつもきっとそれを望んでるだろう。

——だけど。


お守り。

僕の枕元には、クルマのキーがある。父さんの形見にクルマをもらって以来、こうしてキーを枕元に置いておくのが、僕の習慣になってる。

六畳の闇の中で鈍く光るそれに、紫色の巾着が取り付けられている。

後輩にもらった交通安全のお守りだ。

あくまで「近くに寄ったついで」『友達の縁結びのお守りのついで』にすぎない代物だけど、それ以上の意味なんて何もないのだろうけど……形に残るものであることは確かだ。ハンドルのそばで揺れるこのお守りを見るたびに、僕は、これをくれた時の後輩のぷいっとした顔を思い出すんじゃないのか。

情けないなあ、僕……。

今まで嫌いだった女の、ちょっと優しいところを見ちゃっただけで、これかよ。

あの確執は、あのバトルの日々は、どこにいったんだ？

このぶんだともう、本当にアレだ。「実はせんぱい、わたし、土砂降りの日に道ばたに捨てられていたお腹すかせた子犬を助けたことがあって――」とか後輩が言ってきたら、もう全部許しちゃう勢いだ。アホなのか僕。バカなのか僕。自分がこんな、底抜けの甘ちゃんだとは思わなかった。見損なったぞ。

――弁当、うまかったな。

なんか知らんけど、僕の好物ばかりだったたし。

ただ感想を述べただけなのに、ガッツポーズまでしやがるし。

なんなんだよ、マジで。起きたイベントだけ見れば、もう、あんなの、デートじゃないか。中身はまるで違うけどな。普通の男子なら勘違いしちまうこと請け合いだ。あいつ、自分がモテてる自覚あるのか？　世の中には視力の悪いやつと美的感覚の狂ったやつと物好きなやつ、そんな男がたくさんいるということを、後輩はもっと知るべきだ。

「……はぁ」

何言ってんだ、僕は。

あの可愛くない後輩が何を考えていようと、知ったことじゃない。

今回はたまたま、本当にたまたま、行きがかり上、珍道中を繰り広げただけで、明日からは——そう、あと五分もすれば明日だ——また、なんでもない関係に戻るだけだというのに。

ただ。

借りは返さなきゃいけない。

お守り。ナビ。祈禱殿。弁当。これだけのことをしてもらっておいて、何も返さないわけにはいかない。漢・沢北廉太郎、受けた恩義は必ず返す。相手が敵でも、いや、敵だからこそ、すっきりさせておきたいじゃないか。

——何をすれば良いだろう。

何をあげれば喜ぶだろう。

何が好きなんだろう。

趣味はなんだろうか。

本は読むのか、ゲームはするのか、動画は何系を見るのか、SNSはやっているのか。

……何も、知らない。

この三ヶ月しょっちゅう顔をあわせていたのに、僕は後輩のことを何も知らないんだって気づく。それは、大きな驚きだった。ケンカしてるうちに、いつの間にか相手のことをよく知ってるような錯覚に陥っていた。だがよくよく考えてみれば、僕は後輩と世間話すらまともにしたことがないのだ。

そんな彼女の、意外な反応——。


『ほっかい、どう』


北海道に行くと告げた時の、あの時の表情。

あのまぶしいものでも見つめるような、思い焦がれるような顔が、まだ焼き付いている。

僕はあの表情に、覚えがある。

あの表情は、小四の時に見た富良野のラベンダー畑を思い出す時の僕。雫さんから北海道ツーリングの話を聞かせてもらっている時の僕の顔と、同じはずだ。鏡で見たわけじゃないけど、感覚としてわかる。

つまり、後輩も北海道に憧れているのだろうか?

しかし、どうにもわからない。

あいつの親はどこぞの医者だっていう話だ。裕福な家庭なのは間違いない。北海道どころか、北欧でもロシアでも行けそうじゃないか。父親が忙しすぎて、家族旅行をしたことがない? 家庭を顧みない仕事人間の父親と折り合いが悪い? ——そんな風に考えれば、いちおう、別れ際の会話にも説明がつく。

でも——。

それだけで、あんな表情ができるだろうか?

ただ「北海道に行ってみたい」というだけで、人は、ああいう表情をするものだろうか?

…………。

……だめだ、わかんねえ。

考えすぎて頭の芯に疲れを感じたその時、ようやく睡魔が訪れるのがわかった。

重さを増していくまぶたに抗わず、僕は眠りに意識を委ねていく。ようやく、今日が終わる。

九割の安堵。そして、ほんの少しの寂しさ——。

寂しさ?

……何が、寂しい?

なにが、……僕は……。

最後に生まれた違和感は、ぬるい微睡(まどろ)みにまぎれて、静かに消え去っていった。

INTERMISSION.
あやりのバスタイム

熱いシャワーを浴びると、唇から吐息が漏れた。

丁寧にからだと髪を洗ってから、ゆったりとバスタブに浸かる。

今日一日の疲れが、お湯のなかに溶けていく。

一面の花畑に包まれるような爽やかな香りは、精神をリラックスさせてくれる。

今日の入浴剤はラベンダー。

……別に、誰かさんの影響というわけではないけれど。


(今日は、いろいろあったな……)


お湯のぬくもりに肌を火照らせながら、鮎川あやりは今日の出来事を回想する。

沢北廉太郎との初デート、いや初ドライブ、いや初テスト——ああもう、なんでもいいのだけど——ともかく、彼とあんなに長い時間をすごしたのは初めてだった。忌々しい敵であるあの彼と。絶対楽しそうにしない、笑わないと決めていたのに、ずっとしかめ面で通そうと決意していたのに、二度も笑わされてしまった。

あの鼻の下にへばりついた、そぼろときたら。

コントの小道具みたいな、サングラスときたら。

（――えへへ）

　またもや笑みが漏れている自分に気づき、あやりは軽く首を振った。水滴をまとう銀色の髪がはねて、飛沫が壁に飛ぶ。

　なんにも変わってない。

　彼はやっぱり、出会った頃の彼のままだ。

　それが無性に嬉しくて、そして腹立たしくて……様々な感情が入り交じり、自分でもわけがわからなくなる。いつもそうだ。沢北廉太郎のことを考えるとき、あやりは平静でいられなくなる。冷静冷徹に、あくまで事務的に接しようとしても、どうしても、内面からほとばしる感情がにじみ出てしまう。

　同じ風紀委員の一年男子に、訝しがられたことがある。

「どうして鮎川さんは、沢北先輩に構うんだ？」

「遅刻ゼロ運動のために、校門に立つことまでは理解するけどさ」

「ひとりの生徒に深入りするのは、風紀委員の仕事じゃないよ。先生に任せればいい」

　あやりはその質問をされた時、上手く答えられなかった。動揺してしまい、そしてその動揺を気取られたくなくて、「構ってるんじゃなくて、ちゅーいしてるんです」とか、小学生みたいな受け答えをした覚えがある。注意が「ちゅー」みたいな発音になってしまい、ますます動揺してしまった。思い出すだに恥ずかしい。

自分にとって姉のような存在の風紀委員長が「ひとりひとりにきめ細かな対応をするのも、大切な仕事ですよ」と助け船を出してくれなかったら、恥ずかしさのあまり逃げ出してしまっていたかもしれない。

——正直。

彼の言ってたことは、正しいと思う。

あやりが立案した「遅刻ゼロ運動」は、風紀委員が当番制で校門前に立ち、登校してきた生徒たちに挨拶をするという、まことにシンプルなものである。そんなもので遅刻が減るのかという声もあったが、あやりは効果があると確信していた。人は「誰かが待っている」という意識があるだけで、自然と急いでしまうものだ。実際にこの活動で遅刻が減り、委員会顧問の鬼瓦先生に褒めてもらえた。

だけど——。

（わたし、ずるい子だ）

お湯に顔半分を埋めて、ぶくぶくぶく。

恥ずかしい。

あやりには、自覚がある。

自分の本当の目的は「遅刻を減らしましょう」なんてことじゃない。

学年が違い、部活もしていない沢北廉太郎と話す機会なんて、こうでもしないと作れないと思ったからだ。彼が家の事情もあって遅刻常習犯だと知り、そんな彼とどうやったらたくさん会えるか、おしゃべりできるか、あやりなりに知恵を絞った結果だったのだ。

バカみたいだと自分でも思う。

話したければ、普通にお話しすればいいだけなのに。こんな回りくどいことをして。

だけど――できない。

どうしても、できない。

そういう因縁が、あやりと彼のあいだにはあるのだ。


その因縁の彼と、今日は一日じゅう、二人きり。

本当にいろいろなことがあった。

まずお守りをもらってくれた。渡すお守りを間違えてでまかせを言ってしまったけれど、つっこまれなくて良かった。

助手席から、運転席の横顔を独占できた。覚えていった落語は無駄になったけど、そのぶん、たくさんお話しできた。良かった。

念願だった手料理を食べてもらうことができた。とても美味しそうに食べてくれた。もう、うれしくて、ベンチから飛び上がりたくなった。ちっちゃく、拳だけでガッツポーズした。気づかれてないといいけれど。

本当。

……楽しかった……。

今日という日があっただけで、志望校を変えて南城高校に入学した甲斐があったと思う。

彼がどう思ったかはわからないけれど、少なくとも、自分はとても幸せな時間をすごすことができた。また、こんな日があればいいのに。強くそう思った。だったらそう言えばいいのに、「また誘ってください」って言えればよかったのに、自分ときたら「せんぱいには、優秀なナビ役が必要だと思います」なんて、イヤミで遠回しなアピールしかできなかった。本当、ダメダメだ。

ともあれ、楽しかった。

楽しい一日でした、で終われるはずだった。

なのに。

（……ああ、どうして）


温かだったあやりの胸に、暗い霧が立ちこめていく。

重苦しいため息が、揺蕩うお湯の水面に落ちる。


――どうして自分は、この楽しい一日の最後に、あんなことを口走ってしまったのだろう。


『父は、何も言わないと思います』

『わたしが旅に出ようと、どこで何をしていようと』


きっと変に思われただろう。

自分の父親を、そんな風に言うなんて。

自分の家に帰るのに「時間を潰さなくては」なんてことも言った。きっと彼は訝しんだことだろう。本当にうかつだった。学校の友達にも、風紀委員メンバーにも、そういうスキは今まで見せたことがないのに。

彼が気を回してくれたおかげで、あやりは父親と鉢合わせずにすんだ。

大きな病院を経営しているあやりの父親は、日曜でも仕事している。新宿にある病院の近くにホテルを取り、普段はそこで寝泊まりして家には帰らない。だが、日曜の夕方には、所用を済ませに帰ってくる。だからあやりは、その時間には家にいないようにしていた。父もそれを望んでいるようだった。

誰もがうらやむ立派な邸宅に住むのは、あやりと、父の再婚相手である女性だけだった。同じ家に住んでいるのに、最後に言葉をかわしたのはいつだったか思い出せない。彼女も医師をしているから、家に帰るのは夜遅い。食事は別々にするし、お風呂(ふろ)に入る順番なども自然に棲み分けされていて、顔を合わせる必要がなかった。家事はほとんどヘルパーがやってくれる。

そういう家庭の事情を、あやりは誰にも話したことがない。

家庭の事情なんて、多かれ少なかれ、誰にだってあることだ。みんな、人には言えない何かを抱えているものだ。沢北廉太郎、彼だってそうだ。父親をこの春に亡くしたばかりだというのに、そんな気配は微塵(みじん)も見せず、普段と変わらず明るかった。強い人だって思う。そう。あやりは知っている。彼が強くて、そして優しい人だということを。

それにしても。

ああ、それにしても——。

（ほっかいどう、かぁ）

彼の夢が、わざわざ免許を取った理由が、北海道への「夏旅」だなんて。

よりにもよって、北海道だなんて。

（やっぱり、せんぱいとは縁があるんだろうな……）

不思議な気持ちがする。

さっきまでの胸を塞ぐ気持ち、暗い霧は薄くなり、入れ替わりにフワフワとした形のない雲がモヤモヤと生まれるのを感じる。

縁。

鮎川あやりと、沢北廉太郎の因縁。

そのはじまりは、去年の夏。

あやりがまだ南城高校に入学する前、中学三年の夏休みに遡る——。

◇

中学三年の夏休みの、ある夜のことである。

「そんなにこの家が嫌なら、お前も北海道に行ってしまえ！」

再婚相手の女性が冷ややかに見つめる食卓で、父親が言い放ったのはそういう言葉だった。

理由は「食事をしている顔が暗い」という、ただそれだけ。

「普通にしてるつもりだよ」と言い返した途端、飛んできた言葉がそれだった。父と冷静に話をすることはもうとっくにあきらめていたけれど、今夜は極めつけだった。

お父さんは言ってはいけないことを言った。

最後の一線を越えてしまった。

少なくともあやりはそう思った。

たとえ親子でも言っていいことと悪いことがある。

親子だからこそ、許せない言葉がある。

あやりは何も言い返さずに自分の部屋へ直行し、リュックサックに詰めるだけの着替えを詰めた。身だしなみを整えるポーチ、スマホと充電器、そして通帳と財布を持って、そのまま家を出た。父も女性も何も言わなかった。追っても来なかった。それはわかっていたのに、あやりは全力で走った。徒競走ではいつもびりっけつだったのに信じられないほど速く走れた。蒸し暑い夜だった。粘土みたいな風が頰にぶつかってきた。あふれてあふれて止まらない涙が、その風のせいで、たちまち乾いていった。

ヘッドライトが連なる大通りに出てタクシーを拾い、目指したのは八王子駅だった。

もちろん、本気で北海道に行くつもりだった。

北海道函館市。

行き方も料金も調べたことがあるからわかっている。東京駅から新幹線に乗り、新函館北斗駅までおよそ四時間の道のり。最終は十九時二十分発である。だが、今はもう二十一時を回っている。八王子駅近くで夜明かしをして、朝一番の電車で向かうしかなかった。

タクシーを降りて八王子駅を見上げ、どうやって一晩過ごそうか——と考えた時、現実が重く肩にのしかかってきた。

北海道に行く。

お父さんの言う通り、お望み通り、行ってやろうと思う。

だけど、それからどうする?

行く当ては、ある。

北海道には、ある。

だから、父親はあんな風に言ったのだ。

だが、実際には無理だった。少なくともあやりには無理だった。そこを訪ねる勇気なんて——いや「資格」なんて、ありはしなかった。駅という場所を見上げて、これからの旅が具体的になった途端、その現実が目の前に立ち現れたのだった。


(どうしよう……)


これは「家出」であると、あやりは今更ながら自覚した。

家出。

今まで、何度か考えたことはある。

あやりにとってあの家は、心安らげる場所ではなかったから。

だが、具体的にどうするとなると、為(な)す術(すべ)がない。

あやりは中学三年生、まだ誕生日前で十四歳の少女でしかなかった。

浅はかだったと、今にしてみれば思う。だけど、当時は本当に必死だった。意地でも帰りたくなかった。「ほらね、やっぱり戻ってきた」。父と女性にそう笑われるなら、死んだ方がましだと本気で思っていた。

——ともかく、今夜すごせる場所を探そう。

宿泊に年齢確認のあるホテルや、会員登録が必要なネットカフェは使えない。となると、終夜営業のファミレスかファストフード店しかなかった。だが、店員に家出を疑われて警察に連絡されるのだけは避けたい。それには、この目立つ髪を隠さなければならなかった。

帰宅する背広の群れをかき分けて歩き、深夜営業の大型量販店に入った。安物のウィッグとパーティーグッズの黒縁メガネを買った。ウィッグは暑いし嫌な臭いがするし、メガネは鼻からずり落ちそうになるほど大きいけれど、このくらいしないとごまかせないと思った。

駅から少し離れたファミレスに入った。

客はまばらだった。体格のいい大学生風の男性三人組と、居眠りをしている中年サラリーマン、その他は塾帰りとおぼしき制服姿の高校生が一人いるだけだった。大学生たちの騒ぐ声が、入り口まで大きく響いていた。

店員が出てくるまで、しばらく待たなくてはならなかった。だらしなく髪が伸びた店員は入り口にぽつんと立っているあやりを見つけると、面倒くさそうに近寄ってきて、人数も聞かずに「空いているへ席どうぞ」とまた厨房に戻っていった。ぞんざいな接客だが、今のあやりにはその無関心さが逆にありがたかった。

入り口から一番遠い、奥のボックス席に座った。

ファミレスに来るのは小学生以来だった。緊張しながらメニューを開く。夕飯はろくに食べていないが食欲はない。飲み物だけ注文しようと思ってみると、ドリンクバーしかなかった。

「すいません」と厨房に何度も声をかけて店員を呼んで、「ど、どりんくばー」と言った。店員はうさんくさそうにあやりを見下ろして、「あちらです」と顎をしゃくるようにして場所を示した。テーブルにある呼び鈴の存在に気づいたのは、店員が去った後だった。

——恥ずかしい。

何やってるんだろう、こんなところで。

中学生最後の夏休みだっていうのに、自分は何してるんだろう。ここで何をするつもりなんだろう。塾のテキストを持ってくれば良かったと、今更気づいた。それから、そんな自分を滑稽に思った。塾って。自分は家出少女としての自覚に欠けている。

（これからどうしよう）

（北海道、本当に行くの？）

あやりはスマホを取り出した。連絡先アプリには０１３８から始まる電話番号が登録されている。あやりが小学四年生の時に登録して、しかし、もうずっとかけたことのない番号だ。

名前の欄にあるのは、たった漢字一文字だけ。

その漢字をタップしようとして、しかし、あやりの指は途中で止まった。ぺたっ、とそこに触れればいいだけなのに、触れられない。その震える指先を見つめるしかできなかった。

今さらどんな顔をして、会いに行けばいいのか。

そんな資格、ありはしないのに。

家を出る時はあんなに燃えさかっていた勇気は奥底にひきこもり、どうしようもない無力感が心を支配した。テーブルに突っ伏して泣いてしまいたかった。だけど、頭の中の冷えた部分が、悲劇のヒロインぶるのはやめろと言っていた。悲劇のヒロインは自分じゃない。自分はただの加害者にすぎなかった。

——ともかく、何か考えないと。

とぼとぼとした足取りでドリンクバーに行った。ガムシロップをたっぷり入れたアイスコーヒーが飲みたかったけど、サーバーの操作がよくわからなくて結局お冷やだけにした。

席へ戻ろうとして振り返った時、ボックス席に一人で座っている男子高校生が目に入った。テーブルには参考書が広げられているが、勉強はしていない。イヤホンで音楽を聴いているようだ。テーブルの下の膝(ひざ)が、一定のリズムにのってカクカク揺れていた。

腕組みをして、じっと目を閉じている。

口元にはうっすらとした笑み。

時折、「うむ、うむ」という感じで大きく頷(うなず)く。

あやりはつい気になって、微(かす)かに漏れている音に耳をすませてみた。

ヒップホップでも聴いてるのかと思いきや、なんと「ルパン三世のテーマ」である。しかも歌詞つき。あれに歌詞なんてあったのかと、あやりは思わず彼をじっと見つめた。

（……変なひと）

短めの黒髪。中肉中背。外見は平凡な高校生だが、どことなく、やんちゃ坊主やいたずら小僧がそのまま大きくなったような雰囲気がある。制服はあやりの家からさほど遠くない南城高校のもの。都立の中では偏差値が高く、真面目な生徒が多いと聞く。学校では浮いてるんじゃないかなんて失礼なことを思い、あやりはすぐ反省した。人のことが言える立場じゃない。家出少女なのに。

その時、彼が唐突に目を開いた。

二人の視線が宙でぶつかる。

あやりは全力で目を逸らした。

彼はかくっと首を傾げた。

ぼんやりとあやりのことを見つめていたが、やがて興味をなくしたかのように頭をかいて、音楽の世界へ戻っていった。

（やっぱり、変なひと）

自分の席に戻ろうとして、あやりはぎくりと立ち止まった。

そこには大学生三人組が座っていた。にやにや笑いながら、品定めするような目つきであやりを見つめている。三人とも体が大きい。半袖から覗く日焼けした腕には、岩みたいな筋肉がゴツゴツついている。体育会系、あるいは武道系の学生に違いなかった。

「きみ、中学生？」

「いけないいんだー、深夜ハイカイ」

「そのメガネ、なんなん？　なんかのパーティーの帰り？　その髪の毛は中でスズメでも飼ってんの？」

三人はどっと笑った。あやりが一番苦手な雰囲気だった。他人をイジって内輪だけで笑う。自分たちオモシロイでしょ？　と言わんばかりの無神経な陽気さ。これなら、ルパン聴きながらウンウン頷いてる変な男のほうがマシだ。

「そこ、わたしの席です」

冷静に指摘すると、大学生たちはつまらそうな顔を浮かべた。怒るか怖がるかして欲しかったのだろう。そういう反応をすれば彼らが喜ぶとわかっている。もちろん、あやりだって怖かったけれど、震えそうになる膝をどうにかこらえた。

「どうする？　席戻る？」

「おれっち暇だし、ＪＣちゃんとお話ししたいナー」

「若い子成分、チャージしたいよね」

軽く腕をひっぱられて、あやりはよろめいた。テーブルに手をついた拍子に、メガネがずり下がりウィッグが床に落ちた。銀色の髪が蛍光灯の下で解放される。それを見た男たちの目の色が変わり、口元に下品な笑みが貼り付いた。あやりはすぐにウィッグをかぶり直したが、もう遅かった。

「やっべ。超かわいー。超レアキャラ」

「君、ハーフ？　お母さんがロシアとかそっち系？」

「お兄さんたちとカラオケいこっか。お酒飲んだことある？」

また男の手が伸びてきて、あやりを強引に隣に座らせた。にっ、と黄色い歯を近づけてくる。アルコールの臭いが鼻をついた。

「はなしてくださいっ。人を呼びますよ」

精一杯の厳しい口調で言った。だが、男たちは怯む様子もなくにやにやしている。

「いいよ、呼べばー？」

「けいさつ？　しょーぼー？　きゅうきゅうしゃー？」

「君も困るんじゃない？　どーせ家出でしょ。たった一人で、こんな時間にさ」

男たちは見透かしていた。おそらく、あやりみたいな少女を何人も見てきているのだろう。

「こんな夜の街に一人でいたら、絡まれて当たり前」「自業自得」。そんな風に言われ

して、声を上げかけたあやりの意志を挫いた。

あやりの中の理性は言っている。「今すぐ大声を出して店員を呼びなさい」。あのやる気のない店員でも、警察に通報くらいはしてくれるだろう。今すぐ、助けを求めるべきだ。理性はそう言っている。

一方で、別の理性が言っている。「警察が来たら、事情を聞かれる」「保護者に連絡が行く」「お父さんが、来る」。それだけは絶対に嫌だった。あんな風に家を飛び出しておいて、数時間も経たないうちに「助けて」と泣きつくなんて。そう。警察に助けを求めるということは、父親に助けを求めるのと同じなのだ。そう考えたら、店員を呼ぶことはできなかった。

つまり、もう……。

（どこにも行くところがないんだ、わたし）

やっぱり自分は悲劇のヒロインなんかではなかった。

どこにでもいる、ありふれた、馬鹿な子供でしかなかった。

あやりの肩がしぼむように落ちた。テーブルに顔を埋めるように

男たちは顔を見合わせて笑い、つかんでいたあやりの手首を

と踏んだのだろう。事実、あやりはもう立ち上がる気力を失
らなく、浅はかな自分を責め立てる言葉ばかりが、頭に浮かんで
その時だった。
テーブルに近づいてくる人影があった。
三人組が笑いを収め、ぎくりと怯む気配がある。
あやりは顔をあげた。騒ぎを聞きつけた店員かと思ったのだ。
だが、そこにいたのは店員でも警官でも補導員でもなく、さっきの男子高校生だった

「よお、待たせたな。ふ、ふ〜じこちゃ〜ん？」


開口一番、彼は言った。

あやりはぽかんと彼を見つめた。ふじこって、あの不二子？　ルパンに出てくるあの？　いえあのわたし、あんな女豹（めひょう）とは似ても似つかないんですけど。それと、なぜ「ふ〜じこちゃーん」って無意味に音を延ばしたのですか。なぜモノマネしたのですか。

——とは、言えなかった。

彼が下手な演技をしているのは、誰の目にもあきらかだったからだ。

「ずいぶん遅れちゃったな。行こうぜ。電車なくなっちまう」

お見逃しなく!!!

彼は引きつった笑みを浮かべながら、あやりの右手を握って立たせた。大学生に比べて、彼の手はひ弱だった。しかもぶるぶる震えている。手のひらは汗でびっしょりだった。

「おい待てコラ」

大学生の一人が立ち上がった。すごむような低い声に、あやりの肩がびくりと跳ねる。そんなあやりの手を、男子高校生はいっそう強く握った。彼も震えているのに、握ってくれた。

「なんだお前？　横からシャシャッてくんじゃねーよ」

「いやその、こいつ僕の妹なんすよ。塾が終わったらここで待ち合わせしてて」

見え見えの嘘をつきながら、彼はあやりを背後にかばった。普通の体格なのに、その背中がやけに大きく感じる。

「妹だあ？　うそこけこの野郎」

「引っ込んでろよ、お前関係ねーだろ」

他の二人も立ち上がり、両側からじりじりと迫ってくる。

「いや、本当なんですって。まいったなあ、どうやったら信じてくれるのかなあ。なあ、ふじこ？」

彼は肩越しに振り返り、背後のあやりにだけ聞こえる小さな声でささやいた。

「今から三つ数えたら、入り口にダッシュ。いいな？」

あやりは必死で頷いた。心の中でカウントを数えながら、椅子の後ろにかけていたバッグを取って左脇に抱える。いち、にの、さん、で一気にダッシュする。その間際、彼は思いきり椅子を引いて床に倒した。身を乗り出して捕まえようとした大学生が、その椅子につまずいて転ぶ。後続の二人の行く手が遮られる。

「走れ!!」

彼に手を引かれて、あやりは走り出した。今日二度目の全力疾走だった。ぶかぶかのメガネが床に落ちる。テーブルや椅子に腕や腿がぶつかる。のたうち回りたいくらい痛い。けれど走る。「お客さん!?」。ようやく出てきた店員が何か言っている。走りながら彼が言い返す。「テーブルにお金っ！」。さらに付け足す。「ごちそうさまでした！」。

ドアにタックルを食らわせて押し開き、二人は外へ飛び出した。

店の前は国道で、クルマが数珠つなぎになっていた。その脇の歩道をすり抜けるようにして走る。信号待ちのドライバーたちが何事だろうという顔をしている。排気ガスの匂いを嗅ぎながら脇目も振らず走る。駅からどんどん離れていく。先を走る彼がどこに向かっているのかわからない。もしかしたら、彼にもわかってないんじゃないだろうか。それでもいい、とあやりは思った。もうどこまでも走ろうと思った。

走って、走って、走って——。

息が切れて、足がガクガクになって、ここまで逃げればもう大丈夫――という頃になって、ようやく二人は走るのをやめた。国道ぞいにあるジュースの自販機の前だった。羽虫の集まっているぼんやりとしたその明かりが、あやりの目にはオアシスのように映った。

しばらく二人は無言で息を整えていた。彼はアスファルトに座り込んで、空を仰ぎながら大きく肩を上下させている。明るいところで見ると、まるで土砂降り雨に降られたかのように汗で全身が濡れていた。もちろんあやりも似たようなもので、ウィッグの中が汗まみれになっていた。すぐに取りたかったけど、変装していたことを知られるのが恥ずかしくてできなかった。

ようやく呼吸が落ち着いてから、あやりは言った。

「あ、あのっ、ありがとうございました」

彼はまだ座り込み、空を見上げたままだった。やや間を置いて「うん」とか「ああ」とか、そんな返事が聞こえた。なぜ顔をこっちに向けてくれないのだろう。

「どうして助けてくれたんですか？　わたしのこと」

また、しばらく間があった。

「助けてない」

「……は？」

「助けてない。僕はただ、深夜のジョギングをしたかっただけだ」

「…………」

何かの冗談かと思い、あやりはまじまじと天仰ぐ彼の横顔を見つめた。彼の頬は紅潮していた。この熱帯夜に全力疾走したのだから当然——なのだけれど、何やら照れているようにも見えなくもない。目もずっと逸らしっぱなしである。

「ジョグはいいぞ。健康になれる。体力もつく。人間やっぱり、体が資本だからなっ」

——なんだろう、このひと。

これだけ派手に助けてくれておいて、ヒーローのようなことをしておいて——今さら、照れているのだろうか。しかも、それを誤魔化そうとしているのだろうか。

どういうひとなんだろう。

「あ、あの、えっと。ともかく、助けられたことには変わりないので。ありがとうございます。何かお礼を」

「助けてない」

「……助けられました」

「助けてない」

何、この不毛な問答。

だんだんあやりも意地になってきて、

「助けられたんです！　ジョギングなら、わたしを連れて走る必要ないじゃないですか！」

「近くにちょうどいい重りがなかったからだ」

「重り⁉　わたし重りですか⁉」

「そうだ。陸上のトレーニングの時、腰に縄をつけて引っ張るタイヤ。アレと同じだ」

鮎川あやり十四歳。生まれて初めて、タイヤに例えられた。

「じゃ、じゃあ『ふじこちゃん』はなんですか？　なんだったんですか？　モノマネしてましたよね？　ルパンの」

「……っっ。さ、さあ？　覚えてないなあ？」

彼の頬がいっそう赤くなった。顔を覗き込もうとするあやりから逃げるように顔を背けた。

あきらかに照れている。まさか、勢いでやったとでもいうのか。しかも、今更それを後悔している。

「……もう、なんでもいいです……」

それ以上突っ込む気力をなくして、あやりはその場にしゃがみこんだ。どっと疲れが出た。

もうこのままこの場で眠りこけてしまいたい。しかし、喉がカラカラに渇いている。目が覚めたら干からびて死んでいるかもしれない。

しばらくして――。

「ほら」

顔をあげると、二本のペットボトルを両手に持った彼が立っていた。ぶっきらぼうにそのうちの一本を突き出している。

「僕だけ飲むのもあれだから、やるよ」

「……いいんですか？」

「ジョギング後の水分補給は大事だからな。付き合わせたお礼だ」

——お礼を言うのは、こっちなのに。

あやりは、仏頂面をしたままの彼の顔を見つめた。この人には、感謝されたり称賛されたりすることよりも大切な何かがあるんだ。自分が人助けしたなんて、死んでも気づかれたくない人なんだ。そんな風に思った。

ぺこりと頭を下げて、あやりはペットボトルを受け取った。その時、露で濡れた彼の指があやりの指に触れた。どくんと心臓が飛び跳ねた。わけもなく唇が震える。頬が熱を帯びる。もう全力疾走の熱は収まったはずなのに。あやりは、自分の感情に混乱した。

「あ、あの、お水のお金払います」

「いらないよ」

「いえ、そういうわけには——」

財布を出した時、あやりはふと気づいた。

「わたし、ドリンクバーのお金も払ってこなかったです」

「でもお前、まだお冷やしか飲んでなくなかったか？」

「そうですけど、注文した以上は払わないと。後でお店に電話して、明日払いに行きます。それから、はい。お水代」

やれやれという風に、彼はお金を受け取った。

「真面目なやつだな、お前」

ふっと彼の目が優しくなった。初めて、彼の笑顔が見られた。なんだか彼に認められた気がして、またあやりの頬は熱くなった。それを誤魔化すため、ペットボトルに口をつけた。ただの水なのにたまらなく美味しくて、気づいたら一気に飲み干していた。

彼はそんなあやりを穏やかに見つめている。

「まぁ、人生いろいろあるよなあ。生きていれば、そりゃ、いろんなことがある」

慰めるような響きだった。

「……ですね」

あやりは素直に頷いた。大学生との会話が聞こえていたのだろう。あるいは彼も、自分が家出少女だと気づいているのかもしれない。

「僕だって一人になりたい時くらいあるからさ。気持ちはわかるよ。今日がちょうどそんな感じでさ。ひとり孤独に、深夜のファミレスで自由に浸りたかったんだ。――僕は高二だけど、そっちは中学生？」

「はい、中三です」

「そっか。なら全然若いな」

二つしか違わないのに、彼は大人びたことを言った。

「中三。未来がドーンと待ち構えてる歳（とし）だよな。これからいくらでもやり直せるさ」

「そうでしょうか」

「ああ。間違いない。男なんて星の数ほどいるじゃないか」

「……………おとこ？」

思わず聞き返すと、彼は親指をぐっと突き立てた。

「一度や二度の失恋で、そんな落ち込むな！　すぐにまた別のいい男が現れるって！」


「…………」

しばしフリーズした後、あやりの喉から叫びがほとばしった。

「ちっ、ちがいます！　ぜんっぜんちがいます!!」

「へ？」

「失恋とかじゃありません！　父と口論したんです！　それで家から飛び出してきたんです！」

言ってしまってから、はっとなった。初対面の相手に自分は何を話しているのだろう。家庭の事情なんて、友達にもろくに話したことないのに。

「父と口論？　で、家出……？」

彼は何度も何度も目をぱちくりぱちくりさせた。

それから「はぁぁ〜〜〜」と大げさなため息をつくと、

「つまんねーーーーーーーーーーーーーーーーーーーーー!」


ご近所じゅうに響きわたる大声で、彼は叫んだ。

どこかの犬が呼応するようにわおおん、と吠える。

「なっ、何がつまんないんですか⁉」

「親と口げんかしたから家出して、深夜のファミレスで黄昏れてた⁉　うっわ、ふっつー!　信じられないくらい陳腐!　凡庸!　ふっつーーーーー!　むかし中学生日記で見たわ、新聞の人生相談でも見たわ、飽きるほど見たパターンだわ!　つまんねーーー!」

「普通じゃだめなんですか?」

「当たり前だろ!　普通なんか、なーーーーーんにもおもしろくないッ!」

彼の唾があやりの頬に飛んだが、拭う気も起きなかった。

「いいか中坊よく聞け。失恋はいい。失恋は人生最大の逆境だ。失恋は数々の芸術や文学を生み出してきた。武者小路実篤の『友情』なんて最高だ。だから僕は認める。その逆境に精一杯抗う者を称える。だけど——　親と口げんかだろ?　念のため確認するが、虐待とか暴力振るわれたとかじゃないんだよな？」

「……それは」

あやりは口ごもった。父に理不尽な仕打ちを受けたという思いはもちろんある。だが、世間にはもっとひどい話がたくさんあって、反抗すら許されない境遇の子供がいることも知っている。

「もし、虐待されてるっていうなら」

彼の目がどきりとするくらい鋭くなった。

「今すぐ警察か、児童相談所に行こう。僕も一緒に行くから」

まつげを伏せて、あやりは首を振った。

「……いえ。虐待や暴力ではありません」

「そっか」

彼はホッとしたように微笑（ほほえ）んだ。

しかし、また鋭い目つきになって、

「口げんかだっていうなら、やれることはたくさんある。自分の思うところを堂々と主張して、反抗してみればいい。どうしても納得できないってんなら家出もありだ。計画的にやれ。言ってくれたら力を貸す。だけど――お前、ちゃんと戦ったか？　とことん抗ってみたのか？　ただカーッとなって、思わず逃げてきただけじゃないのか？」

彼は鋭かった。あやりの意気地のなさをちゃんと見抜いている。バカみたいなことばかり言ってるけど、見るべきところをちゃんと見ている。確かに自分は、父親に反論すらしなかった。認めざるを得ない。

だが、すぐ呑み込めるかどうかは、また別の話である。

「よっけいなお世話です!!」

あやりは叫んでいた。自分がこんな大きな声を出せたのかと思うくらいだった。今度はどこかで野良猫がにゃおん、と鳴いた。

「なんであなたにそんなこと言われなきゃいけないんですか? あなたにわたしの家の何がわかるってゆーんですか! うちはいろいろ複雑なんです! 離婚したり再婚したりまた離婚しそうになってたり、大変なんですよ!」

「ふーん? それで? それで?」

挑発するような彼の言い方に、無性に腹がたった。今までずっと押さえつけてきた言葉がどんどんあふれてきた。

「家に居づらいんです」

搾り出すように言った。

「お父さんは不機嫌をわたしにぶつけてくるし、再婚相手には嫌みを言われるし、家に居場所なんてどこにもないんです。わたしなんてあの家にいらないんです。だから――どこか、」

どこか。

どこか遠くへ。

どこか。ここじゃないどこかへ。

――のいる、北海道へ。

「できるじゃねーか、反論」

彼はにやりと笑った。

「今、僕に怒鳴ったその根性があれば、親父と戦えるんじゃないか?」

あやりはんぐ、と両手で口を押さえた。

しばらくしてからゆっくり手を放し、恥ずかしそうに言った。

「……そう簡単には、いかないと思いますけど」

「まぁ、最初はな。僕だって、しょっちゅう父さんとケンカしてるし。でもまぁ、親のない子供だっているわけだし、ケンカできるだけ幸せなのかなって思う時もあるよ。大酒飲みだし、食後のお茶で口はゆすぐし、でかい屁はこくし、ホントうぜーけどさ」

彼の目がふっと遠くなった。

彼の家にもいろいろな事情があるのだろう。あやりと同じように、彼もまた。

「ああ、どこか遠くに行きたいよな」

彼の目は空に瞬く星を見ている。

そこには、夏の星座があった。

雲ひとつない夜空にのびのびと広がっている。

「家なんか飛び出して、この街も飛び出して、海だって飛び越えてさ。どこか——どこか、ここじゃないどこか、遠くまで」

「………」

「僕は、必ず行ってやる」

彼の言葉には強い意志が感じられた。他人に何を言われても、どんな不幸に見舞われようと、必ずそこへたどり着く。彼はそういう人なんだとあやりは思った。

——このやりとりが、彼なりの励ましだったのだと気づいたのは、ずっと後になってからのことである。

今、この時のあやりは。

彼をただ見つめることしかできなかった。

あやりの頬はさっきよりずっと赤く、熱くなっている。胸の中では心臓が跳ね回り、ドックンドックン、さっきより大きな音を立てていた。自分の心臓がこんな音を立てるなんて知らなかった。とても苦しかった。痛くて苦しくて張り裂けそうだった。だけど、知らないほうが良かったとは、なぜか思えなかった。

「——なあ、ところで中学生」

ふいに彼が言った。

「あれ、なんだと思う?」

指さす先を見れば、二人が来たのとは逆の方向から、二つの光が近づいてきた。自転車のライトだった。つばのついた帽子をかぶっている。青っぽい服装が夜の闇(やみ)にぼうって浮かび上がって見えた。

「たぶん、警察官ですね」

「だよな。夜の巡回ってやつかな」

彼があやりの右手をつかんだ。

「逃げるぞ」

「えっ、また?」

「なんだよ、もうへばってるのか? もう歩けません的な?」

また挑発するような口調だった。

あやりはむっとした。

「みくびらないでください。あの程度のことでへばるようなことはありません!」

そうこなくっちゃ、と彼は笑った。

「やっぱお前、いい根性してるよ」

こうして、鮎川あやりは、今夜三度目の全力疾走をするハメになった。

彼はずっと、あやりの手を握ってくれていた。男の子に手を握られるのも、あやりは今夜が初めてだ。恥ずかしくて照れくさかったけど、振りほどく気にはなれなかった。

彼の手を強く握り返した。

何度も何度も握り返した。

夜の街を駆ける。

本当に、このまま、どこまでも行ける気がした。

彼と二人なら、どこまでも。

遙(はる)か遠い、北海道でも。

◆

昨年の夏へ飛んでいたあやりの想いが、現在のバスルームへと戻ってきた。

「……はあ……」

お風呂の天井についているきらきらとした露を見つめ、あの夏の夜空に重ね合わせる。

あの、自由でのびのびとした星座たち。

あんなに星が綺麗だと思ったのは生まれて初めてだった。

冷めた自分にそんな感性があるなんて、知らなかった。

——まったく。

あのまま一日が終われば、夏の夜の運命の出会い、めでたしめでたし——で締めくくれたのだけど。

実はあの後、散々な目に遭ったのである。

警察官二人に本気で追いかけられて、パトカーの応援まで呼ばれたあやりと彼は、サイレン鳴らされライトで照らされ「止まりなさい！」と怒鳴られながら暗い路地を逃げ回っているうちに、どこを走ってるのかわからなくなってしまった。今日のドライブでも確信したが、やっぱり彼は方向音痴だったのだ。

それでもどうにか、駅前につながる大通りまでたどり着いた。

もう一歩も動けない、ああもう逃げ切れない――という時になって、彼はあやりの背中を駅の方に向かって押しながらこう言った。


『ここでお別れだ、中学生！』

『ふぇっ、ちょっ、待っ、名っ』

『縁があったらまた会おう！　アディオス！』


そのまま彼は来た道を逆走していった。

今にして思うに、あれは「僕が引きつけている間に逃げろ」ということだったのだろう。おかげであやりは逃げ切れたのだが、これには言いたい文句が山ほどある。


(何が、アディオスですかっ！)


そんなかっこつける暇があるなら、名前くらい教えていってくれたらどうなのだ。

自分も名乗れなかった。

ウイッグもかぶりっぱなしだった。

つまり、彼の思い出の中では、あの夜の中学生は今でも「鳥の巣みたいにモッサリした髪の女」であるわけで……もう、本当に悔しくて悔しくて、恥ずかしくて、死んでしまいたくなる。

もしも人生をやり直せるなら、あやりには戻りたいポイントが三つある。そのうちのひとつがあの夜だ。彼の前でウィッグを取って、ちゃんと名乗りたい。その前にお手洗いで身だしなみを整えさせて欲しいけれど。

何はともあれ――。

この夜を境に、あやりは変わった。

彼のアドバイスを胸に、父親と正面から話し合ってみることにした。

父の物言いに熱くなるのではなく、なるべく冷静に、もつれた糸を解きほぐすように、会話するよう努めてみた。

だが、結果は同じだった。

父はやっぱり不機嫌なままで、あやりにそれをぶつけるのも変わらなかった。そもそも父の不機嫌の理由とは、再婚相手と上手くいっていないことにある。それが改善されない限り、父は変わらないのだ。そして、あやりが見る限り、おそらく改善の見込みはないだろう。

それでも、あやりはめげなかった。

ここでまた自暴自棄になったら、いつか彼と再会した時に「わたしも成長しましたよ」って威張れないではないか。

お父さんには何を言ってもだめだ、変わらない。

ならば——自分が変わればいい。

あやりはそう考えた。

まずあやりは、徹底的に優等生であることを心がけるようにした。今までだって十分すぎる成績と生活態度を示していたが、さらに磨きをかけた。あやりが通ってるのは富裕層の子女ばかりの名門私立中学だったが、その中でも抜きんでる存在となった。生徒会長に当選し、成績はぶっちぎりの首位を占めるようになった。

もうひとつ心がけたのは、いついかなる時でも「冷静冷徹」であることだ。父の理不尽な物言いや、再婚相手の嫌みに反応しない。常にクールに対処する。心理学やマインドフルネス、座禅や瞑想の本まで読みあさり実践し、いつでも感情を抑制できるように努力した。

その成果は、言葉に表れた。

ごく一部の親しい友人を除いて、あやりは「敬語」を用いるようになった。常に敬語で話すように努めていれば、言葉が荒くなったり感情が高ぶったりすることは少なくなる。父親に対して一線を引いて接するように努めていった結果、自然とそうなっていった。周りからは「人が変わったみたい」と言われた。「丁寧だけど、よそよそしくなった」と言われることもあった。そのくらい徹底的にやったのである。

こうして、彼が言うところの「季節はずれの雪女」が誕生した。

夏が終わり秋が来て、長池公園の木々が鮮やかに色づく頃になると、父親と口論することはほとんどなくなった。父としても、娘の変化に何か思うところがあったのかもしれない。あるいは、新宿で開業する新病院の準備に追われ、それどころではなかっただけかもしれないけれど。

唯一の会話らしい会話といえば、進学する高校についてのことだけだ。

「わたし、私立には行きません」
「都立の南城高校に進学したいと思います」

あやりの成績であればどんな名門にも余裕で合格できるはずだ。父は訝しがったが「南城も都立ではトップクラス」「家から近くて通学時間が無駄にならない」というあやりの説明に納得した。大学は父の言う医学部へ進むこと・医学部受験専門の塾に通うことを条件に、受験申込書の保護者欄に判を捺した。「商談」は、お互いにメリットのある形でまとまったのだ。

冷めた父娘だと、人は言うだろう。

だが、あやりはそれでいいと思っている。認めてくれるだけましだ。もっとひどい家庭はたくさんある。経済的に困らないぶん、自分は恵まれているほうなのだ。

そんなことよりも——。

当時のあやりの頭は、彼とどうやったら再会できるかということでいっぱいだった。

彼に会いたかった。

家出少女でもない黒髪モッサリ少女でもない、本当の自分の姿で、彼の前に立ちたかった。

後日あのファミレスにはお金を払いに行って、その後も何度か行ってみた。しかし、彼は二度と姿を見せなかった。友人の友人のお姉さんという細いツテを頼って、南城高校にそれらしい生徒がいないか聞いてみたこともある。手がかりは「あの、えっと、なんかルパンが好きっぽいです」のみ。さすがに無理だった。外見的な特徴に乏しいこともあり、有力な情報が得られることはなかった。

十月の放課後、思いあまって、南城高校の校門まで行ってみたことがある。

しばらく待っていれば、彼が現れるんじゃないか。「もしかして、お前はあの時の？」って気づいてくれるんじゃないか。そんな奇跡の再会を期待した。まるでストーカー女だという自覚に耐えながら二十分くらい粘ったけど彼は現れず、銀髪のあやりはあまりに目立ちすぎ、物珍しげな視線とひそひそ声に耐えられなくなり、あえなく退散した。

やっぱり、入学するしかない。

後輩として、堂々と彼の前に立とう。

木枯らしの吹く冬がすぎ、桜咲く春が来た。

晴れて南城高校の制服に身を包んだあやりは、ようやく、八ヶ月越しに、彼との再会を果たすことができた。入学式を終えてすぐ、三年生の教室に行って見つけ出したのだ。名前もわかった。沢北廉太郎。なんだかイメージと違って厳めしい名前。「さわきたれんたろう♪」「れんたろう♪せんぱい♪」その夜、何度も何度も、あやりはその名前を歌うようにつぶやきながらベッドをひとり転げ回った。

当日その場で声をかけることはできなかった。名門私立中学から都立の南城に入学した銀髪少女のことは、もう校内で噂になっていた。彼との再会は誰にも知られないところで、ひっそり密やかに行いたかった。あの夜の記憶は、あやりにとって、誰にも触れさせたくない宝物だったから。

その週の土曜日を、あやりは「運命の日」に設定した。

その日は休日だが、三年生は進路説明会のために登校する。南城でも生徒会か委員会に入ることを考えていたあやりは、顧問から話を聞くという名目で登校した。一年も二年も不在だから声をかけやすいと思ったのだ。思惑通り、チャンスは訪れた。彼は先生から呼び出しを受けて職員室にいた。用件が終わった後、説明会のある講堂へ移動するらしかった。

あやりは先回りして、講堂の入り口で彼を待ち構えた。

筋書きはこうだ。

まず、このままの姿で彼の前に立つ。

もし初手から、声や雰囲気で「あっ、あの時の！」と彼が気づいてくれたら——何も言うことはない。話は弾むだろう。八ヶ月のブランクもあっという間に埋めてしまえると思う。

次に、気づいてもらえなかった場合。

その時はしかたがない。暑くて臭くて嫌だけど、またあの時のウィッグをかぶろう。そう、この日のために捨てずにとっておいたのだ。今日もわざわざリュックに入れて持ってきている。さすがにこれをかぶれば「あっ、あの時の！」となるだろう。あとは同じルートである。


「はじめまして、沢北せんぱい」


階段の上にある入り口に立って、彼を見下ろした。

暴れ太鼓みたいに胸の内側を叩く鼓動を抑えつけるため、自分でも引くくらい冷たい声になってしまった。この八ヶ月の努力の副作用だった。

内心で焦りながら、あやりはともかく言葉を紡いだ。

「一年の鮎川あやりです。風紀委員会の所属になりました。これからせんぱいとは何かと〝お話し〟させていただきますから——どうぞ、よろしく」

言い終えてから、祈るような気持ちになった。

心の中で叫んでいた。「気づいてください！」。ぽかん、と口を開けている彼の表情、あきらかに知らない人を見るその顔にショックを受けていた。「どうして気づいてくれないんですか？」そんな風に言いたかった。理性ではわかっている。「髪の色がぜんぜん違うのにわかるわけない」「あの時の女の子が変装していたなんて、そんな想像するはずがない」って、わかってる。だけど、心のどこかでこう思っている。「気づいてくれたって、いいじゃないですか」「わたしは、あの夜から、あなたのことばかり考えていたのに」「不公平、です」。

不公平。

――そう、運命はまことに不公平であった。

あやりは知らなかった。

自分の背後にある二階建ての講堂と、彼の背後にそびえる四階建て校舎の狭間のこと。

その狭間には、建物の配置的な理由からか、突発的に強烈な風が吹き渡る。

新入生のあやりが知らなかったのも無理はない。

その時、ひときわ強く吹いた風が。

真新しい制服のスカートをふわりと持ち上げて。

あまりに突然すぎて、防ぐすべはなくて。

……知らなかったのも無理はない。

「……」

「……」


気まずい沈黙。

彼は呆れたような顔をして立ち尽くしている。

あやりの視界が涙でにじみ、ぐにゃあ、と音を立てて歪んだ。何か言い訳しなければと思うのに声が出ない。膝に震えが取り憑いて、立っているのもままならない。

ようやく、言葉が出てきた。

悔やんでも悔やみきれない。

なぜ、自分は、あんな――。


「……さん、に」

「えっ？」

「お母さんに電話してきます」

「えっ⁉」

すさまじい勢いであやりは走り出した。あの夜、男たちや警官から逃げ出した時以上のスピードで彼の前から逃げ出した。もうわけがわからなかった。脳が完全にショートし、ねじ曲がり、痙攣（けいれん）を起こして、頭蓋骨（ずがいこつ）の中で七転八倒していた。「今すぐ戻って事情を説明して！」という1％の理性天使は残りの99％の恥ずかし悪魔によって袋だたきにされ、鍵（かぎ）のかかった心の部屋に蹴（け）り出され閉じ込められた。

最初のボタンを盛大にかけ間違えてしまった。

こんなことなら「あの時の家出娘です。おひさしぶりです（ぺこり）」ってごく普通に名乗れば良かった。なぜ手の込んだことをしてしまったのか。理由はわかってる。彼との再会をドラマチックにしたかったのだ。大切な大切な思い出だったから、再会も特別なものにしたかったのだ。

しかし、もう遅い。

再会はドラマチックどころか、大爆笑コメディに堕してしまった。

完全にあやりの自爆である。

彼を恨（うら）むのは筋違いだと、わかっている。十分に承知している。

だけど――やっぱり、心のどこかで、あの日の家出少女がこう叫ぶのだ。

『どうして、気づいてくれないんですか？』

『わたしは覚えてる』

『あの夏の夜、あなたに言われた言葉。まなざしの鋭さと優しさ。その手のぬくもり』

『ぜんぶ、昨日のことのように思い出せるのに』


彼は、そうじゃないんだ――。


それが悔しくて、悔しくて、たまらなかった。

許せないと思った。

ナントカ余って憎さ百倍である。

高校生活すべてをかけても彼と雌雄を決せねばならない。「鮎川あやりさんは綺麗で聡明でかっこよくて素敵な後輩です！」。そう思わせて言わせたうえで、「その素敵な後輩のことを綺麗さっぱり忘れていたのはどこの誰ですか？」と冷ややかに見つめながら頬をぺちぺち叩いてやると決意した。

――そんな自分が、めんどくさい。

果てしなくめんどくさい。

自分がもう、本当に、死ぬほどめんどくさい。

だが、もう後には引けなかった。賽は投げられたのだ。「お母さんに電話してきます」。あそこまで意味不明なことを口走った以上、言い訳もできない。あれはなかったことにして、ゼロ、いやマイナスから彼との関係をスタートするしかなかったのである。

――こうして。

鮎川あやりは、沢北廉太郎の「敵」となった。

その後の二人の熾烈（しれつ）なバトルは、南城の生徒ならば誰もが知るところである――。

◆

はあ、もう。ああ、もう――。

脱衣所にて、ふかふかのバスタオルで水気をしっかり拭いながら、あやりは大きな鏡に映ったぶすったれた顔を見つめる。せっかくドライブの愉快な思い出に浸っていたのに、四月のことを思い出したせいで、こんな顔になってしまった。あの先輩のことになると、いつもはできる感情のコントロールがかき乱されてしまうのだ。

彼との出会いがきっかけで、冷静・冷徹キャラに目覚めたのに。

その彼にかかわると、冷静・冷徹キャラではいられなくなる。

あやりが心に持つ最強の矛は、沢北廉太郎。

最強の盾（たて）も、沢北廉太郎。

あやりを最高にご機嫌にするのも、最悪に不機嫌にするのも、彼だった。


そんな彼が、北海道へ行く。

――北海道。

「ほっかいどう」


もう一度声に出してみる。同じ日本国のはずなのに、なんだか異国のような響きにあやりには感じられる。距離でいえば北極や南極よりずっと近い。だが、心の距離は遙か宇宙よりも遠い。近くて遠い場所。それが、あやりにとっての北海道だった。

彼が本当に北海道へ行くのだとしたら。

あの夜の言葉通り。

この街を飛び出して、遠く、ここじゃないどこかへ行くのだとしたら――。

（鮎川あやり。あなたはどうするの？）


鏡に向かって問いかける。

自分はずっとこのままなのだろうか。

この家、この場所に留まり続けるのだろうか。

どこか遠くへ、ここじゃないどこかへは、永遠に行けないのだろうか。

北海道。

自分だって、行こうと思えば行ける。免許はないけれど、飛行機だって新幹線だってある。貯金も十分にある。「しばらく旅行に行ってきます」「塾の課題はしっかりやりますので」と言えば、成績以外は娘になんの関心もない父親に止められることもないだろう。

しかし――。

行けない理由が、ひとつだけある。

そして、そのひとつが、とてつもなく重い。


（せんぱい）

心のなかで、あやりは呼びかける。
先輩。
沢北廉太郎。
あの夏の夜、自分の手を引いて、どこまでも走ってくれた彼に問いかける。

せんぱい。

わたしの背中に、自由の翼はありません。

◆

部屋のドレッサーで髪を乾かしていると、階下の玄関でドアが開く音がした。スリッパの足音が廊下を歩く。父の再婚相手が帰ってきたのだ。すでに時刻は十一時近いが、いつも帰宅はこの時間だった。
彼女もあやりの父と同じく医師をしている。だが、彼女は夫のいる新宿の新設病院ではなく、この八王子に残って勤務している。夫婦仲は表向き穏やかだが、その実、冷え切っていることをあやりは知っていた。

まだ小学生の時、あやりはそんな二人の仲を取り持とうと頑張ったことがある。三人が新しい家族になれるよう、努力したのだ。だが、それはまったくの的外れだった。夫婦仲が冷えていった理由の一端が、自分の髪の色にあることを知って、あやりは自分の努力が滑稽であったことを理解した。彼女は父の再婚相手であり、ビジネスパートナーだった。けっして、あやりの継母(ははおや)ではなかったのだ。今はもう、それがよくわかっている。だから触れ合わない。それが一番であると、お互いにわかっていた。

あやりの母親は。

この世にたった一人だけ。

同じ髪の色をした、泣きそうな顔で笑う女性。

ただ一人だけだった。

【夏旅用語集】

北海道

広いです。おっきいです。
日本の面積の二割を占めます。
「でっかいどう」「試される大地」など様々な異名があります。
名物は――多すぎて書き切れません。

JOURNEY. 4

自由の比翼

寝覚めを襲われた。

カーテンの隙間から差し込む陽射しに目を覚まし、その鋭さから「今日は暑くなりそうだ」と予感した途端、気力が萎えた。まだ眠いなー、だりぃーなー、昨日の運転の疲れ残ってるわー、と寝床でゴロゴロしていたところ、無慈悲な刺客に布団を剥ぎ取られたのである。

目をこすりながら顔をあげれば、太陽よりまぶしいマイシスターのニコニコ笑顔。

「おかーさんがね、品出し手伝えって。きょうは二人も休んでタイヘンみたいよー」

「僕、学校あんだけど」

「まだ七時だからだいじょーぶだよー」

ほら、と両端にベルのついた目覚まし時計を印籠のように突きつけてくる。もう昔の漫画でしか見かけないアナログでレトロなこの時計は、父さんが小学校入学祝いにもらった品だったらしい。物持ちがよすぎる沢北家。

「ん〜……わかった。今行くって言っといて」

「りょか!」

どたばた部屋を出ていく妹を見送って、僕は起き上がる。

朝の七時といえば、ちょうど配送トラックの第二便が店に到着する頃だ。朝飯を買うドライバーたちが押し寄せる時間帯でもある。スタッフが二人も休めば完全にパンクだ。今頃母さんはレジ打ちと品出しでてんてこ舞いだろう。

しゃーない、やるかぁ。

寝間着のTシャツとジャージを脱ぎ捨てて、プラスチックの衣装ケース棚から制服のシャツとズボン、そしてコンビニのユニフォームを取り出す。制服の上からユニフォームを着るという荒技で、大幅に時間が節約できる。

ここまでやっても、遅刻の可能性は高い。

妹は楽観的なことを言っていたが、今日は月曜だ。平日朝でも一番店が混む曜日である。加えて、今日から近所でマンションの建設工事が始まる。朝ご飯を買いに来る職人さんたちでごった返すはずだ。母さんは遅刻しないように配慮してくれてるけど、タイミング良く抜け出せるかどうかは運次第だ。

遅刻したら——。

今日も風紀委員の連中が「遅刻ゼロ運動」で校門前に立っているだろう。

当然、あの可愛(かわい)くない後輩もいる。他(ほか)の委員は交代制だが、この運動の発案者である彼女は、毎日必ず立っているのだ。

昨日の今日で、超気まずい。

ただでさえ顔を合わせづらかったのに、遅刻となるとさらに気まずい。どんな顔をすればいいのかわからない。こんなこと、今まで考えたことなかった。後輩が繰り出すお小言を「へいへいほー」と与作は木を切りながら右へ左へ聞き流すだけだったのに。

まず、なんて声かけよう？

「昨日はどうも」とか、なんとか、言うのか？

他の生徒に聞かれたらどうする。

「昨日何かあったの？」って突っ込まれたら？

校内でも有名な敵同士が日曜に会っていたなんて、瞬く間に噂になる。

芋づる式に免許のことがバレるかもしれない。

しかし、あれだけ借りを作っておいてダンマリっていうのも仁義に反するし――。

「だーっ、めんどくせえ!!」

ともかく、遅刻はまずい。

妹が「あたらしい顔だよ！」と差し出したアンパンならぬおにぎりに食らいつきながらシューズを蹴り込むように履き、玄関を出て、目と鼻の先にある店の裏口へと駆け込んだ。

◆

で、その結果――。

ぎりぎりどうにか、間に合いました！

八時からシフトの雫さんがたまたま三十分早く来て「ここはあたしに任せて学校行きな」と

少年漫画のヒーローみたいなことを言ってくれて事なきを得た。栗色のショートカットに後光が差して見えた。やっぱりこの人は最高だ。マイ女神だ。結婚しよ。

さりとて、余裕でセーフな時間でもない。

僕は走った。六月も終わりに近づき、すでに夏を思わせる陽射しが東の空から照りつけている。そんなクソ暑い中を全力疾走。ああ、免許があるのになんで僕は走ってるんだ？　エアコンの効いたクルマなら楽勝で間に合うのに！

なんて思いながら校門についた時にはもう、他の生徒の姿はなく、風紀委員二人がちょうど撤収するところだった。

そのうちのひとりは、もちろん鮎川あやりである。

「おはようございます沢北せんぱい。いちおうセーフです」

「……おはよう」

肩で息をしている僕を見る後輩の表情は、いつもと何も変わらなかった。

「汗がすごいですね」

「ああ。走ってきたから」

「そんなに急ぐと交通安全上問題があります。もうあと五分、早く家を出るようにしてください」

お小言を付け加えるのもいつもと同じだ。ドライブのことなんておくびにも出さない。冷静冷徹、いつもの「雪女」の口ぶりだった。

昨日のお礼を言わなきゃと口を開きかけた時、それを封じるかのように後輩が先んじた。

「それではわたしたちも授業がありますので」

「あ、ああ」

「せんぱいも速やかに教室へ移動してください。失礼します」

きびきびとした足取りで校舎内に戻っていく。無駄なおしゃべりはしない、という態度。むしろもうひとりの女子委員のほうが何か言いたそうにしていたくらいだ。

——なんだか、拍子抜け。

昨日のことを意識していたのは僕だけだったのだろうか。強いていえば、今日は冷たい氷のようではなく、ガラスのように無機質な態度に感じられた。氷とガラス。その違いはよくわからない。

しばらく立ち尽くして、去っていく銀色の髪を見送った。

「……ま、そりゃそうか」

ふっと肩から力が抜けた。

僕が妙に意識してしまっていただけで、後輩にはやっぱり「風紀委員のお仕事」でしかなかったってことか。

いったんそう思うと、その意見は僕の中でどんどん優勢になっていった。優勢になるにつれ、恥ずかしくなった。昨夜、布団の中で悶々としていたのはなんだったんだ？「冷たかった女子の優しい一面を見てしまってドキドキ」なんて。漢・沢北廉太郎、らしくないにもほどがある。

――スキを見せたな、僕。

ともあれ、あいつに大きな借りがあるのは間違いない。

まず、それを返すことを考えよう。

これからテスト期間であいつも忙しいだろうし、夏休みまでに何かお礼を――。

そんな風に考えながら、僕も教室へ向かって歩き出した。

◆

そうこうしているうちに六月が終わり、七月が来て、期末テストが始まった。

教室の空気はピリついていたが、大学受験をしない僕は泰然自若。どの科目もそれなりに勉強して、それなりの成績をとって、つつがなく一学期を修了することができた。

いよいよ、明日から夏休み。

結局、あれから後輩と話す機会は訪れなかった。テスト期間のため、一学期の校門指導は六月で終わったからだ。一度だけ食堂で見かけたが、風紀委員メンバーと一緒にいたので声はかけられなかった。当然、お礼はまだ言えてない。借りもまだ返せていない。

どうしたもんかな——なんて思っていた、朝のHR前。

いつものごとく朝飯の菓子パンを頬張りながら、新横浜三吾がスマホを熱心に眺めている。

「お前それ、何チェックしてるんだ？」

「星占いのサイトだよ～ん」

「似合わないことするなあ」

手についたパンくずを払い落としながら、悪友は片頬だけで笑った。

「いやいや廉ちょん。俺っち、こーいうのけっこうダイジにしてんのよ？　女子との会話のきっかけにもなるしさあ。明日から夏休みだしキアイいれなきゃ」

やっぱり軟派な理由だった。

「まあ……確かに女子って占いとかおまじない好きだよな」

「そうそう。好きな男子の誕生日をこっそり調べて、相性を占ってみたりとかね。乙女ゴコロってやつよ」

「ふーん」

そういえば、後輩が何故か僕の誕生日を知ってたことがあったな。もちろん、あいつは悪友みたいな軟派じゃない。委員会の仕事か何かで、僕のデータをたまたま見たんだろうけど。

「なになに？　廉ちょんも星占い興味あんの？」

「いや、別に……」

かくかくしかじか事情を話すと、今度は悪友、両頬で笑った。

「いやあ、それは、ひょっとしたらひょっとするんじゃゃね？」

「んなわけねーだろ」

こいつは何故か、僕と後輩をそういう仲にしたがる傾向にある。その方が面白いからなんだろうけど、根拠のない風説を流布されるのは迷惑である。

「廉ちょんこそ、なんで頑なに否定するわけ？　別にいーじゃん彼女いないんだし。例の雫さんとはどーなん？」

「ダメだろうな。そもそも男扱いされてない気がする」

「峰不二子とは？」

「画面の向こう側にいて、触れることさえままならない」

せつねぇー、とケタケタ笑う悪友くん。お前だって彼女いないだろ。

「ちなみにお前は、どうしてそう思ったんだ？　『ひょっとしたらひょっとする』の理由を聞こうじゃないか」

「ん～…………」

悪友は周囲の目を気にするそぶりを見せた後、声をひそめて言った。

「あの子、俺ら上級生を呼ぶ時は『先輩』って言うじゃん？」

「当たり前だろ」

「でも、廉ちょんを呼ぶ時はさ、なーんか響きが違うんだよねー」

「響き？」

「『先輩』じゃなくて『せんぱい』って感じ」

「はあ？？？」

　意味がわからない。違いもわからない。

　と、その時である。


「せんぱい」


　声がして、振り向くと、教室の戸口に女子生徒が立っていた。一年生であることを示す胸元の赤いリボン。遠目にも目立つ銀色の髪。おしゃべりに興じていた男子たちの視線が、吸い寄せられるようにそちらへ泳ぐ。噂をすれば影だった。

　後輩は時々こうして、教室まで僕を呼び出しに来ることがある。よほどのことをしでかした時だけだ。はて、最近やらかした覚えはないのだが――。

　親友がにやりと笑った。

「だしょ？」

「何がだしょ、だよ？」

「この教室には『先輩』しかいないのに、廉ちょん、振り向いたっしょ？」

「…………」

いや、今のは、そういうんじゃ……。

「いつもあいつにお説教されてるから、声を聞き慣れてるだけだ」

「だからこそ、気持ちに気づきにくいってこともあるかもよ？」

ニヤニヤ笑う悪友に、僕は反論の言葉が思いつけなかった。

「……むう……」

そう、なのか？

先輩じゃなくて「せんぱい」だから、聞き分けられたのか？　いや、その微妙なニュアンスの違いが何を意味するのかはわからないけれど。

ともかく、ここじゃ人目につく。僕はさっさと立ち上がり、後輩のところへ行って廊下に移動した。

「何か用事か？　テスト期間中、遅刻はしてないけど」

「ええ。知っています」

ひさしぶりに近くで見る後輩は、やっぱりいつもと変わらない。期末テストもまたもやぶっちぎりの一番だったと聞く。入学以来、こいつの名声はいや増すばかりだ。

「その、ずっと言いそびれてたんだけどさ」

「はい？」

「この前はありがとな。いろいろと」

言ってから、頬がほのかに熱くなるのを感じた。もう二週間以上前のことなのに今さら？

みたいな顔をされるかと思ったのだ。

「どういたしまして」

幸い後輩はそういう顔はしなかった。ただ、怪訝そうに眉をひそめた。

「今日のせんぱい、少し変です。どうかしたんですか？」

「いや……別に」

確かに僕は明らかに挙動不審だった。さっきから後輩の顔をまともに見られない。くそ、悪友のやつが直前に妙なこと言いやがるから。

後輩は小首を傾げたが、それ以上の追及はしてこなかった。

「これ、どうぞ」

差し出されたのは、小さな黒いプラスチックの欠片。一枚のＳＤカードだった。

後輩は声のボリュームを落として言った。

「わたしが調べた北海道の交通や道順のデータ、名所名跡の情報などが入ってます」

「……マジか」

「せんぱいは方向音痴ですから、カーナビを見ながらでも迷うかもしれません。道順に気を取られて手足がおろそかになる可能性もありますし、出発前にこのデータを頭に叩き込んでおくことをお勧めします。必要ないと思ったら捨ててくれて構いませんので、持っていってください」

右手で頭をかきながら、左手でカードを受け取った。

「参ったな……」

「余計なお世話でしたか?」

「いや。前の借りも返してないのに、また新しい借りを作ってしまったなと思って」

後輩はわずかに口元を緩めた。

それが微笑なのか苦笑なのか、僕には区別がつかない。

「そんなの気にしてたんですか? 今日は本当にらしくないですね」

「……うっせえ」

「もし、どうしても借りを返したいと言うのなら――」

後輩は何か言いかけて、しかし、すぐに口を噤んだ。廊下の床に視線を落としてしばらく考え込んでいた。何か迷っているようにも見えるが、前髪で顔が隠れて表情がわからない。

予鈴が鳴り、廊下でおしゃべりをしていた生徒たちが教室に入っていく。

後輩は視線を上げた。表情はいつもと同じだった。

「ともかく、カードの中身を見てください。学校だと人目につきますので、なるべくおうちで見てくださいね」

「ああ、そうするよ。……ありがとう」

何を言いかけたのか気になったが、聞き返す時間はなさそうだ。

「それじゃ、せんぱい。良い夏旅を」

ぺこりと頭を下げて、後輩は早足で一年生棟へと帰っていった。先日の校門指導の時と同じく、さっさと行ってしまった。

これでもう、夏が終わるまで会うことはないんだな——。

そう思ってしまった自分に、自分で驚いた。後輩と顔を合わせないで済むのは、良いことじゃないか。喜ばしいじゃないか。借りのことは気になるけれど、何が何でも一学期じゅうにというのも変な話、そこまで僕が後輩にこだわる理由はないはずだ。

ない、はずなのだ。


——なのに、どうして。

どうして僕は、なんだかつまらない気分になってるんだろう……。

◆

気がつけば、廊下に出ているのは僕だけになっていた。

教室に入ろうと踵を返した時だった。ちょうど廊下を歩いてくる鬼瓦先生と目があった。

先生は僕に気づいて歩調を速めた。つかつかと歩み寄ってくる。

「すいません、今、席につきます!」

怒られると思い教室に入ろうとした僕を、先生が呼び止めた。

「ちょうどいい。沢北、お前に話がある」

「……はい?」

先生は僕より身長が頭ひとつ高くて、自然に見上げる形になる。いつもよりさらに厳しい表情をしている。やっぱり、怒られるのか?

先生はじっと僕を見つめた後、小さくため息をついた。

「詳しい話は放課後にするけどな、とりあえず、お前——」

先生はわずかに身をかがめると、僕の耳元でささやくように言った。

「お前。免許取っただろ」

◆

どん底な気持ちで放課後を迎えた。

僕の肩にのしかかるのは「絶望」。明るく輝いていた夏旅への扉が閉ざされ、暗い海に叩き落とされるという絶望感だった。

いったい、いつ見られたんだろう。

あの高尾山以降、うちの生徒が通りそうな道を走る時はサングラスしてたんだけどな。後輩も「これなら気づく人はいない」って太鼓判押してたし、バレないものだと高をくくっていた。

しかし、現実は甘くなかったのだ。

『ちなみに、違反者は停学な。免許を卒業まで没収したうえで、停学二週間』

かつて鬼瓦先生はそう言った。

この際もう停学はいいとして、「免許没収」これが僕に効く。北海道どころか妹の送り迎えさえできなくなる。夏旅も一巻の終わり、いや零巻で終わりである。

あの悪友にすら「どしたの？　顔色悪いよ」とガチで心配されるような有様で終業式を終えた僕は、電気椅子に向かう死刑囚の気持ちで生活指導室へと向かった。

「来たな。まあ座れ」

カーテンを閉め切り、蛍光灯がつけられた狭い室内で先生は言った。

紺のスーツ美人と長机を挟んで向かい合う。空調は効いているはずなのに、僕の手は汗で湿っていた。貧乏揺すりしそうになるのを、膝をつかんで押さえつけた。

「三週間ほど前の話だ。松由木小学校の近くで運転してるお前らしき生徒を見かけたっていう職員がいてな。個人的に教えてくれたんだ」

う、と声が漏れそうになった。それは、妹が通っている小学校の名前だった。

「その時は『見間違えでしょう』って私も流したんだが、一昨日、今度は風紀委員のメンバーから目撃情報が入った。やはり松由木小の近くだ」

今度は声に出た。風紀委員。まさか後輩？　……いや、それはありえない。そんなやつがお守りくれたりナビしてくれたり、するはずがない。別の委員に見られたのだ。

「生徒からの報告で、しかも二度目となると私もスルーできない。確認する必要があるってことで、今、こうしてるわけだ」

はい、と僕は答えた。自分でも驚くほど掠れた声になった。

「どうなんだ？　沢北。免許取ったのか？」

「……」

「まさか、無免で運転してたわけじゃないだろう？　もしそうなら事態はより深刻だが――どうなんだ？」

僕は考える。何か言い訳を考える。運転なんかしていない、見間違いだとシラを切る？　証拠はあるんですかと開き直る？　見逃してくださいと泣きつく？　ずるい自分が浅はかな理由を並べ立ててくる。どれもロクな案じゃなかったが、このまま没収されるよりマシだろとささやく。「上手(うま)いこと言って騙(だま)せよ」とささやきかける。

——嫌だ。漢らしくない。

僕はいったん日を閉じて、大きく息を吐き出した。ずるい自分を追い出すための儀式だった。目を開けると同時に、勢いよく頭を下げた。

「すいません！　免許取りました！」

「ん。いつ？」

「つい先月」

「なんのために？」

「夏休み、クルマで旅に出たかったからです！」

先生がふっ、と笑うのが聞こえた。

「お前らしい理由だな。だが、教師としては『そりゃいいねえお土産(みやげ)頼むよ』って笑ってすますわけにゃいかない。わかるよな？」

「…………はい」

ああ、終わった。

心のどこかで期待していた。「正直に言ってくれてありがとう。今回は大目に見よう」なんて言葉を期待した。だが、そんなはずはない。鬼瓦ゆりんがそんな甘いはずがない。現実はどこまでも厳しく、残酷であった。

終わった。

僕の夢、終わった。

旅立つ前に終わった……。

――――。

しばらくして、先生の長いため息が聞こえた。

怒ってるのか呆れているのか、それとも失望しているのか。判断がつかなかった。僕は貧乏ゆすりが止められない。自分のズボンを見つめている視線を上げられない。先生がどんな顔をしているのか、怖くて見られなかった。

シュッ、という音がする。

紙が擦れる音だった。

何かが机の上を滑ってきたのだ。

おそるおそる顔を上げると、そこには一枚の古びた紙があった。

自動車免許取得許可申請書。

「……え？」

もう一段階顔を上げると、そこには苦笑している先生の顔があった。

「後付けもいいところだけど、それ書け。保護者の判子ももらってこい。免許のコピーも添えろ。それで教頭を納得させるから」

全校生徒に恐れられている女傑（じょけつ）の顔を、僕はぽかんと見つめた。

「それから、さっきのは聞かなかったことにしてやる。もっとちゃんとした理由が別にあるだろ？　それを書け」

「理由？」

「妹さんの送り迎えだろ？　鮎川から聞いてるぞ」

「後輩から!?」

先生はしまった、という顔をした。本来出すつもりがなかった名前なのは、その顔でわかった。だが、僕としては聞き捨てならない。

「いったいどういうことなんですか先生。なぜあいつが？　それにこの紙は？　こんな制度があるなんて初めて知りましたよ!?」

「あぁもう。わかったよ。順を追って話してやるから」

頭をかいて、先生は椅子に座り直して足を組んだ。さっきより態度がくだけている。

「今から二週間くらい前かな。生徒会役員と各委員会が集まる総会で鮎川が発言したんだ。特別な事情のある生徒に限り自動車免許取得を許可してはどうか、ってな」

二週間前といえば、ちょうど高尾山ドライブの後くらいだ。

「鮎川が言うには、二十年以上前にはそういう制度があったらしい。私が赴任するずっと前、うちが都立の雄として名を上げ始めた頃だな。進学校になるにつれ免許を取るような生徒も少なくなって、その許可制度もいつの間にやら消滅したんだろう」

「それで、免許取得禁止の校則だけが残った？」

風紀委員会の顧問も兼ねる担任は頷(うなず)いた。

「正直私は感心したね。よくまぁそんな古い記録を調べあげたもんだって。鮎川に感心したよ。だってお前、委員会室の資料の山は知ってるだろ？　あのゴミ山の中から、こーんな紙切れ一枚見つけ出すんだぞ？　尋常(じんじょう)じゃないぞ」

言われるまでもなかった。後輩にしょっちゅう呼び出されていた僕にも、あの古い資料の山は印象深い。

「ただ、疑問にも思ったたな。彼女が免許取るわけでもないだろうに、なんのメリットがあってそんなことをするのかって。他の生徒も不思議がるから、私もその点は問いただした」

胸がぎゅっと締め付けられた気がして、僕はシャツをつかんだ。

まさかあいつ……。

まさか、僕のために？

「鮎川は、なんて？」

「理屈に合わないからだとさ。禁止の校則が残ってるのに、許可の校則がなくなってるのはおかしいって。この二つは両方存在していないと、規則としての整合性がないっていうんだな。まったく口も頭もキレるやつだよ。ありゃ将来すごい医者になるかもな」

「医者……になるんですか？　医学部受験専門の塾に通ってるってのは、有名な話だろ」

「そうなんじゃないか？　あいつ」

それも僕には初耳だった。

やっぱり僕は、あいつのことを何も知らない。

「で、それからしばらくして、お前が運転してたってタレコミだ。本来なら後付け申請なんてもってのほかだって話が出たんだが、これまた鮎川が反対した。『フェアじゃない』。許可制度があることは知られてないんだから、違反にも融通をきかせるべきだと。まぁ筋は通ってるわな。そこで今、こうしてるわけだが――その後、鮎川から個人的に相談を受けた」

担任は机ごしに身を乗り出した。

「沢北先輩はお店で忙しいお母さんの代わりに妹さんの送り迎えをしてるみたいだって。その点をご考慮くださいって頭を下げられた。なんでもお前、遅刻した時に事情を話したらしいな？」

その説明には嘘が交じっていた。

おそらく……いや、紛れもなく、後輩が僕のためについてくれた嘘だ。

「お前さあ、そーいうのがあるなら、私にもちゃんと話しとけー？　担任なのに知らなくて、恥かいたじゃないか」

「……」

先生の言葉は僕の耳を素通りした。

苦い後悔が思考回路を支配して、他の感覚を遮断していた。

……何やってんだ、僕。

いずれ借りを返そうなんて、のんきに構えてて。

またあいつに、大きな借りを作ってるじゃないか。

「実は鮎川には口止めされたんだけどな。お前には内緒にしてくれって。けどまぁ、話しちゃったモンはしかたない。今度鮎川に詫び入れとくわ」

「話してくれて、ありがとうございます」

先生が口を滑らせてくれて、本当に良かったと思う。でないと知らないままだった。

「そういうわけだから、明日はお前登校しろよな。教頭にも挨拶してもらうから、服装整えてこいよ。それで無罪放免だ。旅でもどこでもいっちまえ」

「……はい……」

「なんだ、元気ないな？　もっと喜ぶかと思ってたのに」

絶体絶命のピンチを逃れたはずなのに、僕の心は沈んでいた。後輩にここまで世話になっておきながら、何も返せてない。そのことがつらかった。

さっき会った時だって、後輩は何も言ってなかった。

僕に恩を着せるようなことは何ひとつ言わず、北海道のデータだけ渡して。


『それじゃ、せんぱい。良い夏旅を』


……なんでだよ。

どうして「敵」の僕なんかに、そこまでしてくれるんだよ……。

「それにしても、あの鮎川がお前をねえ」

鬼瓦先生は背もたれに寄りかかった。

「お前らてっきり仲が悪いもんだと思ってたけど、そうでもないのか？　生徒会や委員会の連中も驚いてたぞ。結果的にとはいえ、お前をかばう形になったんだから」

僕は答えられなかった。僕の認識だって、先生たちと違わない。僕を目の仇（かたき）にする生意気な後輩。いつも小言ばかり言う憎たらしい後輩。ずっと、そんな風に思ってきたんだから。

わからない。

後輩の気持ちがわからない。

どうしてここまでしてくれるんだ？

知りたい。

知りたくてたまらない。


女の子の気持ちが、こんなに気になるなんて。

生まれて初めてだ。

◆

家に帰ってすぐにクルマに乗り込み、妹を塾まで迎えに行った。

もう隠す必要はないのだが、念のためサングラスをした。まだ正式に許可が下りたわけではないし、他の生徒に見られて騒がれたくない。後輩の努力を台無しにしたくなかった。

努力。

そう、あいつは努力してくれていたんだ。

僕がのほほんと北の大地に思いを馳(は)せている時、あいつは僕が合法的に旅に出られるように手続きを進めてくれていた。あいつらしい生真面目(きまじめ)さで、先生たちを説得して。あいつにはなんのメリットもないのに。僕のために。

——僕のため。

どうして、僕のために？

運転中も僕の思考はそっちへと傾いた。集中力を欠き、曲がる交差点を二回も間違えてしまった。妹にまで「どしたの兄ちゃん？　女の子にフラれたの？」と心配された。やはり僕は方向音痴のようだ。

夕食の後、一時間だけ店のヘルプに入ってレジを打った。やっぱり集中できなくて、百円玉握りしめてガリガリ君買いに来た小学生に二十四万円お釣りを返そうとして、ビビらせてしまった。雫さんには「彼女のこと考えてたの？」なんてからかわれた。女の子のことで悩んでるって、顔に出るんだろうか。

部屋に戻って——。

高校入学祝いにスマホを買ってもらって以来、あまり使わなくなったノートPCをひさびさに起動した。父さんが昔使ってたやつだ。カリカリ何かをひっかくような起動音を聞きながら一分ほど待ち、ＳＤカードをスロットに差し込んで読み込ませた。

フォルダが三つ作られている。「交通」「名所名跡」「その他」。交通から見ていくと、苫小牧(とまこまい)、札幌(さっぽろ)、小樽(おたる)、富良野(ふらの)、函館(はこだて)とファイルがあり、それぞれの主要道路のデータ、渋滞しやすいところ、危険なポイント、その他お役立ちサイトのリンクなどが事細かに記されていた。

名所名跡フォルダにも、観光ガイド顔負けの情報が満載だ。旅行会社はこいつをすぐにスカウトした方がいいんじゃないかというくらいの有能っぷり。これで高校一年生というのだから恐ろしい。鬼瓦先生が「あれはすごい医者になる」というのも、頷ける気がした。

ここまで、してくれたのか……。

高尾山以上の気合いの入りっぷりにため息が出た。いかにも後輩らしい仕事だが、やっぱり「どうしてそこまで」という想(おも)いがよぎる。僕のため、なのか。あるいはそれ以外の何かがあるのか。

その時、スマホが音を鳴らした。

――後輩!?

まさかと思って見たら、表示されていた名前は「新横浜三吾」。がくーっ、と机に突っ伏した。そもそも僕は後輩の番号を知らない。向こうにも教えてないのだから、かかってくるはずがなかった。

渋々通話ボタンをタップすると、スピーカーが底抜けに軽い声を流してきた。

『やっほー、廉ちょん。ごきげんいっかが～？』

「たった今、最悪になった」

『あらら、大丈夫？　ちゃんと晩飯食ったかーい？』

スマホをスピーカーモードにして、ベッドに寝転がった。今の僕のテンションで、座ったままこいつの話を聞くのはだるい。やってられん。

『明日もし暇ならさあ』

「行かない」

『カラオケという名の合コン行かね？』

「行かない」

『大塚女子大ってあるじゃん？　あそこのおねーさんたちとさあ。テニスサークルなんだって。最高じゃね？』

「行かない」

『じゃあ、正午に南大沢駅前に集合ってことでよろしゅー』

悪友には謎の人脈がある。いったいどういうコネだかツテだか知らないが、あり得ないような豪華な合コン話を持ってくるため、クラスの男子からは有り難がられている。「うちの兄貴、八王子のドンって呼ばれてて－」とかなんとか。菓子パン食いすぎてラリッてんのか？

「行かないっつってんだろ」

『えーなんでー。いこーよー。廉ちょん年上好きでしょ？』

「そうだよ。でも合コンには行かない」

『あ、わかった。最近年下好きになったとか？　先輩より後輩がいいなあ、とか？』

思わずどきりとした。

「……何言ってんだ、お前」

『まんざらハズレでもなさそーじゃん？』

ふふん、と悪友が見透かしたように言った。よっぽど通話をたたき切ってやろうと思ったが、ギリギリの所で指を止めた。

「なあ、悪友」

『なんだい親友』

「お前のその謎人脈を見込んで聞きたいことがある」

『いーよ。何？』

「鮎川あやりの家って、どんな家なんだ？」

もっと何気なく聞くつもりが、どうしても口調が深刻になる。他人の家庭事情に踏み込むという罪悪感と緊張感がそうさせた。こんなこと聞くのは下世話、悪趣味だとわかってる。だが、今はなりふり構わず後輩のことが知りたかった。

少し間があって、悪友は言った。

『俺っちもそんな詳しくないぜ？　学校で噂になってるレベルのことしか』

「僕はそれさえ知らないんだ。……頼む」

また少し間があった。

『多摩若鮎会病院って、廉ちょん知ってる？』

「知ってる。野猿街道ぞいにあるデカイ病院だろ」

そこは僕の父さんが亡くなった病院だった。

『あそこの理事長さんらしいよ。あやりちゃんのパパ』

「……マジか」

金持ちなのは知っていたが、そこまでとは知らなかった。病床数が百以上はある総合病院だ。中にはコンビニが二つ、さらに郵便局まである。そこの理事長となるともう、金を持ってる持ってないのレベルではないだろう。

『若鮎会っていう大きな医療グループがあって、あやりちゃんのひいじーさんが創設者って話。まあだから、代々医者の家系なわけよ。あやりちゃんはそこのプリンセス、世が世なら貴族令嬢ってところだね』

同年代とは一線を画する立ち居振る舞いは、そういう出自から来ていたのか。

『とーぜん、あやりちゃんも医者になるんだろうね。なるというか、ならされるというか』

「医学部受験専門の塾行ってるんだって？」

『そうそう。鉄碧会っていう吉祥寺にある塾』

「ずいぶん遠くまで通ってるんだな。帰りは遅くなるだろうに」

『そこは親がクルマで送り迎えしてるんじゃない?』

「……だといいけどな」

　後輩の言葉を思い出す。「父は何も言いませんよ」「わたしが何をしていても」。あの時の口ぶりからいって、父親との関係は良好ではありえないだろう。母親との関係は良いと思いたいところだけど……。

「お母さんはどんな人なんだろう?」

『そこまではわかんね。でも小学校の時に離婚して再婚してるって聞いた』

「じゃあ、今のお母さんは再婚相手?」

『そそ。あやりちゃんからすれば継母ってやつ?』

　これもまた初耳だった。

　忘れもしない初対面の日、後輩は僕に言い放った。「お母さんに電話してきます」。そのお母さんっていうのは……どちらのお母さんなんだ?

『俺っちが知ってるのはこのくらいかなあ。ごめんねー、たいした情報なくて』

「いや、十分だ。ありがとう」

　心からお礼を言った。悪友の人脈の広さと耳の良さに今日ばかりは感謝した。

『他ならぬ親友の頼みだもん。――で、合コンは?』

「行かない」

通話を切った。

しばらく寝転がったまま考えた。鮎川あやりの家庭環境。巨大医療グループの一族。大病院の理事長を務める父親。普通なら他人がうらやむ環境のはずだ。だが、後輩の様子を見る限り、何か抱え込んでいるのは間違いなかった。

だとしても、僕に何ができる？

あいつの手をひいて、どこかへ連れ出せるとでもいうのか？

ただの高校生にすぎない僕が。

あいつの本当の気持ちさえ、まるでわからない僕が……。

——そういえば。

まだ見てなかったフォルダがあるのを思いだし、僕は再び机に向かった。「その他」と書かれたフォルダをクリックする。そこにはテキストファイルがひとつだけ収められていた。「沢北廉太郎様へ」とタイトルがつけられている。その、いかにも後輩らしい硬いタイトルを見た瞬間、何かを予感して鼓動が大きく波を打った。

それはどうやら、後輩から僕への手紙らしかった。

鮎川です。

こうして文章を綴るのは初めてですね。

回りくどくて鬱陶しいと思われていることでしょうけれど、口で上手く伝える自信がなかったのです。ご了承ください。

先輩は以前、私に借りは返しておきたいと言っていましたね。

気にする必要はないと思うのですが、その言葉に甘えて、ひとつお願いがあります。

無理を承知のお願いです。

スルーしていただいて構いません。

むしろ、推奨します。

函館という街を、先輩はご存じですか。

函館は古い港町です。

駅のすぐそばに海があって、港があって、市場があって。

明治時代に建てられた赤レンガの倉庫が今も残っています。

昔からの穏やかな人々が住んでいます。
不思議で、素敵な街です。

そんな街に、私の母親が暮らしています。
私が小学四年生の時に父と離婚して、離ればなれになった実の母親です。

わけがあって、ずっと会っていません。
連絡も取っていません。
これからも会うことはないでしょう。

先輩に、母のことを見てきてほしいのです。
今、どんな風なのか。
元気でいるかどうか。
しあわせに暮らしているかどうか。
家はわかりませんが、勤務している病院の住所と名前はわかります。
母はそこで看護師をしているはずです。
先輩に訪ねてほしいのです。

私と同じ髪の色をしてますから、すぐにわかると思います。
もしも。
会って話すことができたら、伝えてください。
「鮎川あやりは元気でいます」『何も心配はいりません』と。

だけど。
もし母が再婚して、しあわせな家庭を築いているようであれば——。
何も告げずにそのまま帰ってください。
私のことには何も触れないでください。
きっとですよ。

こんなことを頼めた義理じゃないのはわかっています。
虫が良すぎるお願いだってことも、わかっています。
だけど、私には先輩しか頼める人がいないのです。
自由の翼を持つ、先輩しか。

誰よりも自由なあなたに託させてください。

翼のない私の代わりに、北海道へ。


繰り返しになりますが、この願いが叶えられなくても、先輩を責めることはありません。

無理なお願いであることはわかっているのです。

私が一番よく、わかっているのです。

だからその時は、気にしないでくださいね。


くれぐれも安全運転で。

いってらっしゃい。

大嫌いな先輩へ
可愛くない後輩より

文面の最後には、函館の住所と電話番号、病院の名前、母親の名前が記されていた。

――マジかよ。

僕はモニタに映る硬い文章を見つめた。

僕の人生で、未(いま)だかつて、こんな重要なお願いをされたことはなかった。他人の人生に深く立ち入るその重責に、途方に暮れてしまう。

しばらく呆然(ぼうぜん)として――それから、これを書いた後輩の心情に思いを馳せた。

こんな手紙を書くのはすごく勇気がいったと思う。実のお母さんの様子を見てきて欲しいなんて、そんな大切な願いを託すなんて、相当の覚悟がいったことだろう。

しかも、相手は僕だ。

大嫌いな先輩であるところの僕。

こんなお願い、誰にでもできるもんじゃない。ちょっとお土産を頼むのとはわけが違う。後輩にこんなお願いをされるなんて、思ってもみなかった。そこまで信頼されていると思うべきなのか、それとも、文章にある通り「他に頼める人がいない」からなのか。

わからない。

後輩の気持ちが、ますますわからなくなった。

ただ――。

ひとつだけ、はっきりしたことがある。

「……なあ、後輩」

モニタに向かって僕は語りかける。

北海道のこと話した時、お前がなぜあんな表情をしたのか、その理由がわかったよ。

あれは、生き別れになったお母さんに対する憧憬だったんだな。

あの焦がれるような表情は、お前がどれだけさみしがってるか、会いたがってるかっていうのを表していたんだな。

強いお前が耐えられないくらい、辛いことがきっとあって。

会いたくても会えなくて。

ずっと、苦しかったんだろうな。

よくわかった。伝わったよ。

だけど。

だけどさ。後輩よ。

鮎川あやり。

お前、本当にそれでいいのか？

こんな大事なこと、他の誰かに託して。

お母さんに会わなくて。


本当にいいのかよ？

◆

夜の中央自動車道を走り、高井戸(たかいど)ＩＣで降りた。

検索した所要時間は一時間二分だったが、四十五分で到着した。特に飛ばした覚えはない。スマホは万能みたいなことを言う人もいるけど、けっこう曖昧(あいまい)、いい加減なところもある。見知らぬ北の大地で僕を正しく導いてくれるのか、不安が残る。

吉祥寺(きちじょうじ)駅にクルマで来るのは初めてだった。電車で遊びに来たことはあるが、クルマだと見える景色が変わる。歩いてる時と目線の高さが違うし、歩道と車道の違いもある。クルマは僕に知らない景色を見せてくれる。車窓にも。時には助手席にも。

つい、勢いでここまで来てしまったけれど。

いてもたってもいられなくて、思わず来ちゃったけど――。

僕はいったい、ここでどうしようというのだろう?

悪友によれば、この近くに鮎川あやりが通う塾があるらしい。場所的には間違いない。だが、講義の終わる時刻が今とは限らない。もうとっくに帰ったかもしれないし、そもそも今日は塾の日じゃないかもしれない。会える保証なんかどこにもないのに。

何してるんだろう僕。

行き当たりばったりもいいところだ。

だけど、あのまま家にいることはできなかった。あんな手紙を見せられて、じっとしてるなんてできない。僕は後輩に言わなきゃならないことがある。そして尋ねたいことがある。夏が始まる前に。どうしても。

夜九時を少しすぎていた。帰宅するサラリーマンが改札に吸い込まれていく横を通り、一方通行の細い道へ入っていく。そこは目詰まりを起こしたように渋滞していた。路肩にずらりとクルマが停車していて、先に進まないのだ。

原因はあれだ。

道路の両側に立ち並ぶ予備校や塾、そこに通う子供を迎えに親がクルマで来るのだ。どこの街でも似たようなもので、この時間、塾があるゾーンは必ず渋滞する。ひとつ違いを挙げるとすれば、ここはやけに高級車が目立つ。ベンツやＢＭＷ、アウディやレクサス。どうやら富裕層の通う塾らしい。クルマに乗り込む制服も、学費の高い私立のものばかりだった。

きらびやかな提灯（ちょうちん）行列の隣を、購入から十五年近く経（た）った古めかしい車でのろのろと行き過ぎる。小走りにクルマに駆け込む女の子の弾（はず）む声が聞こえた。「ママありがとう！」「おなかすいた！」。その明るい声が、何故か耳に残った。

赤信号でクルマを停めた時だった。

十メートルほど先の歩道に、僕は、探していた銀色の後ろ姿を見つけた。

「……あいつ……」

制服姿の後輩が、ひとりぼっちで歩いている。

学校では凛（りん）として、毅然（きぜん）としている風紀委員。憎らしい敵である優等生の姿はそこにはなかった。迎えを待つ子供たちを避けるようにして歩いている。うつむき加減に、周りの景色が見えないように、自分のつま先だけを見つめながら、とぼとぼ歩いてる。

やっぱり、そうか。

あいつには、迎えに来てくれるような親がいない。これから駅まで歩き、電車で帰るのだ。

電車を降りたらまた歩く。

あの暗い長池（ながいけ）公園の近くを。こんな夜遅くに女の子が。たったひとりで。

………………。

…………。

よし。

嫌がらせ、してやる。

「おうい、後輩！」

信号が青になると同時に、窓を開けて、わざと大きな声を出して路肩に寄せた。

後輩より早く、周りがそれに気づく。

高級車の列のなかでひときわ目立つおんぼろクルマに、みんな目を丸くする。

これは後輩への嫌がらせだ。

上流階級ばかりの中で、日本の格差社会を体現するこのクルマで横付けにしてやる。恥ずかしいはずだ。しかも相手はこの僕だ。イケメン大学生でもない、エリートサラリーマンでもない、ただの高校生の僕だ。後輩が大嫌いなこの僕だ。他人の振りをされるかもしれない。そっぽを向かれたら、大きな声で学校名と名前を叫んでやる。「南城(なんじょう)高校の鮎川あやりさーん、カボチャの馬車がお迎えにあがりました！」。顔を真っ赤(まっか)にして怒るだろう。あるいは冷たい目で「どちら様でしょうか？」と言い放つだろう。

なのに――。


「……あっ、せんぱい……」


………。

なんでだよ。

なんで、そんな嬉(うれ)しそうな顔するんだよ。

なんで、泣き笑いみたいな顔するんだよ。

いつもいつも憎まれ口を叩いておいて、それはないだろう。大嫌いな先輩とか書いておいて、それはないだろう。僕は困るんだ。お前にそんな顔を見せられたら、本当に。困るんだ。どんな顔をしていいか、わからないから。

「乗ってけよ」

後輩は一度鼻を大きくすすると、掠れた声で言った。

「深夜徘徊は、校則違反です」

「ドライブだから、徘徊じゃない」

「屁理屈」

「うっせえ」

後輩は助手席に乗り込んだ。僕はその赤い目には気づかないふりをして、クルマを発進させる。お互いに無言のまま、塾の並ぶ細い道路を抜けて大通りに出た。

「手紙、読んだよ」

後輩の肩がかすかに揺れた。

助手席からおそるおそる、こちらを窺うのがわかる。

「さんざん借り作っておいてなんだけど、あんな頼みは聞けないな。なんで僕が、お前のお袋さんに会わなきゃいけないんだよ。無茶言うなっての」

後輩の肩が落ちた。

酷なことを言ってるのはわかってる。

だけど、それでも言わなきゃいけないことがある。

「お前が自分で会いに行け」

後輩は力なく首を振った。

「できることならそうしています。でもわたしには、会う資格がないんです」

「実の親に会うのに、資格？」

「――わたしのせいなんです」

走る車内で、後輩は過去について話し始めた。

「小学四年生の時に、父と母が離婚しました」

「……」

「函館の実家へ帰った母は、東京に残したわたしを気にかけて頻繁に連絡を取ってくれました。半年に一度、遠くから会いに来てくれました。わたしはまだ子供で、さみしかったので、とてもうれしかった。けれど、父と父の再婚相手は、それを快く思いませんでした。『これから三人で、新しい家族になるんだよ』『だから、前のお母さんのことは忘れなさい』って。わたしは父が可哀想だと思いました。父は病院では偉そうにしているけれど、本当は一族から責められている弱い立場なのです。世継ぎである男子が生まれないことで冷遇されている、不幸な人なんです。だから、新しい奥さんと円満な家庭を築いて、今度こそ男の子を作らなきゃいけない。父はよくそう言っていました。だから……」

　後輩はそこで声を詰まらせた。

「だからわたしは、お母さんにこう言ったんです。『もう、会わないようにしよう』『わたしは東京でお父さんとがんばるから。お母さんも函館で幸せになって』って。お母さんは、笑ってました。泣きそうな顔で、笑ってました。『そっかあ』って。『あやりは、本当にがんばりやさんだね』『お母さんも、がんばらなきゃいけないね』って。――それが、母とかわした最後の会話です。わたしが母を突き放したんです。今さら会う資格はありません」

　鼻をすする音が何度か響いて、後輩はリュックからティッシュを取り出した。僕は運転に集中し、気づかないふりをした。

「事情はわかった。でも、やっぱり納得はできないな」

「……」

「怖いんだろう？　要は」

　後輩がぎゅっと身を固くするのがわかった。

「本当は会いたいくせに、顔を合わせるのが怖いんだろう？　勇気が出ないだけだろう？」

「……安い挑発はやめてください」

「いつも澄まして、イキッて、お高くとまってるくせに。肝心な時はびびって逃げるんだな。情けないヤツ――」

「余計なお世話ですっ!!」

助手席から声を叩きつけてきた。

「せんぱいに何がわかるんですか。なんにもわかってないくせに。いい加減で、適当で、気まぐれで、鈍感で」

「わかってるよ」

「わかってません！」

銀色の髪が激しく横に揺れる。運転中だから振り向けない。だが、後輩がここまで感情をむき出しにするのは、僕が覚えてる限り初めてだった。

「大嫌いですよ、本当に」

後輩はまた鼻をすすった。

「せんぱいを見ていると、心がざわざわするんです。自分はこれでいいのかなって、ざわざわするんです。家のことでがんじがらめの自分が、ちっぽけでつまらない人間に思えてくるんです。どうして高三で免許なんか取るんですか？　どうして夏旅なんか行くんですか？　どうして、普通じゃだめなんですか？　陳腐で凡庸で、普通で、いいじゃないですか。それの何がいけないんですか？」

交差点にさしかかった時、信号が黄色になった。減速して停止線で止まる。横断歩道に人が溢れ出す。にぎやかな夜の街と違って、車内はとても静かだった。酔っ払った大学生の一団が、肩を組んで歌を歌いながら通り過ぎていく。

「今年の四月に、父さんが亡くなった」

後輩が息を止めた。

赤信号を見つめながら僕は話す。

「肌寒い朝だった。朝飯の時『背中が痛い』って言い出して。次に『今度は顎が痛い』って。それでも店に立とうとして、ユニフォームに袖通してる最中にぶっ倒れた。すぐに救急車で運ばれて手術になったけど間に合わなかった。大動脈解離っていうらしい。心の準備も何もない。悲しむ暇もありゃしない。僕ら家族の前から、あっけなく去っていった」

淡々と僕は話す。

今までのことを確かめるように話す。

「親父は昔から、口癖みたいに言っていた。世の中何が起きるかわからないぞ。将来なんて、あるかどうかわからないぞって。今を生きろって。今を精一杯生きろ、やり残したことがないように。もし今日が人生最後の日だとしても、笑って死ねるようにって。父さんはそういう風に生きていた。だから、満足して逝ったと思う」

あるいは僕の願望かもしれない。

だけど僕は、そう思いたいんだ……。

「ちゃらんぽらんな人だったけど、俺の真似はするなよってよく言っていたけど、その言葉だけは僕が継ぐ。だから、今、旅に出る。いつかじゃなくて。『今』行く」

僕は後輩のほうを向いた。

「お前にはないのか？　やり残したこと」

「……」

「このままお母さんに会わないままでいいのか？」

後輩はしばらく固まっていた。唇を動かす様子はなかった。だが、首だけが、ほんのかすかに横に振られた。

——その本心が、聞きたかった。

ようやく僕は気づいた。

僕は、後輩の本心が知りたくて、ここに来たんだ。

ずっと敵だと思ってたのに、高尾山までドライブすることになって。

お守りをくれて。ナビしてくれて。祈禱殿のこと教えてくれて。弁当まで作ってくれて。

いつのまにか、楽しんでしまっている僕がいた。

助手席でツンとすましてる横顔を見つめている僕がいた。

後輩のことをもっと知りたいと思っている僕がいた。

そう。

まだまだ知りたいんだ。鮎川あやりのことを。

だから――。

僕は大きく息を吸い込んで、言った。

「一緒に行こうぜ。北海道」

後輩の大きな目のふちに、透明な光があふれた。

「僕が連れてってやる。函館のお母さんのところまで、僕が連れてってやるから」

僕は後輩をじっと見つめた。後輩も僕のことを見つめている。濡れたまつげがかすかに震えている。唇も震えていたけど、それをこらえようとしてるのが見て取れた。

「いきなり、女の子を旅に誘うなんて。どうかしてます。普通じゃないです」

「褒めてくれてありがとう。僕は普通が大嫌いなんだって、知ってるだろ？」

後輩の小さな手が、スカートの上でぎゅっと丸くなった。

「もし学校の誰かにばれたらどうするんですか？　噂になりますよ。わたしと」

「言いたいやつには言わせておけよ。僕たちのことは、僕たちにしかわからないんだから」

もしかしたら、僕にだってわかってないのかもしれない。

行きたいから、行く。

連れて行きたいから、行く。

それ以外の理由なんてない。

「僕には失うものなんて何もない。学校で噂になろうが、後輩の女の子を旅に連れ出すハレンチ野郎って言われようが、何も困らない。困るのはお前だ。――つまり、お前次第だ」

「わたし、次第？」

「お前は行きたくないのか？　北海道。他の誰かがどうとか、そんなのどうでもいい。お前自身はどうなんだ？　札幌でラーメン食いたくないか？　小樽で寿司食いたくないか？　富良野でラベンダーソフトクリーム食いたくないか？　函館でやきとり弁当食って――」

ひと呼吸おいて、続けた。

「お母さんに、わたしは元気ですって、伝えたくないか？」

銀色の髪が、大きく揺れた。

目のふちにあふれていた光が零れて、白い頬をすうっと落ちていった。

「……自信ないです。何を話せばいいのか。どんな顔すればいいのか」

「そんなもん出たとこ勝負さ。行ってから考えろ」

後輩は黙り込んだ。

僕はじっと返事を待つ。八王子に着くまでにはたっぷり時間がある。次の信号まで。それでも返事がなければ、次の次の信号まで。いくらでも待てる。後輩とのドライブは、沈黙が苦にならない。

後輩はそこまで僕を待たせなかった。信号が青に変わる前に言った。

「せんぱいは無計画すぎます。普通はちゃんと、前もって考えるんです」

「そう。だから僕には、優秀なナビが必要なんだ。そう言ってたのは、お前だろ」

後輩の口元がかすかにほころんだ。

顔を背けて、ティッシュで目元を拭う
「そうでした。高尾山の帰り、わたしがせんぱいに言ったんでしたね」

「ああ。自分の言葉には責任を持てよ」

「——はい」

弱々しかった後輩の声に、その時、力が戻った。

返事はもう——聞かなくてもいい。

「出発はいつですか?」

「いつでも。お前の都合に合わせる」

後輩は頷いた。

「夏期講習の前期が八月四日に終わるので、五日に出発しましょう。後期は二十日からなので、それまでには戻ってこられるようにしたいです」

「十分だ。茨城の大洗から苫小牧、札幌小樽富良野函館その他。しっかりナビ頼むぜ」

「ご心配なく。わたしは誰かさんとは違いますから」

「ああ？　なんだと？」

「なんでしょう？」

顔を近づけあい、僕らはにらみあった。後輩も僕も、笑いをこらえながら怒ってる。お互いの顔がよく見える。運転席と助手席の距離がこんなに近づいたのは、きっと初めてだ。

赤信号に照らされていた後輩の顔が、鮮やかな青に染まった。僕は前を向いてブレーキを緩め、アクセルを踏み込む。クルマが走り出す。

「手始めに、五日のフェリーの予約を頼む。夕方便。僕の部屋は一番安いやつ」

「わかりました」

言ったそばから、後輩はスマホを操作しはじめる。てきぱきと指が動く。もうこの場で予約を取るつもりらしい。

「ガソリン代や高速料金は折半、宿はもちろん部屋別々な。お前、夜ひとりで寝られるか？」

「せんぱいと同じ部屋に泊まるくらいなら野宿します」

「へいへい。まあ、僕は車中泊する日もあると思うけど」

「しゃちゅう、はく？」

後輩は目を白黒させた。

「クルマの中で泊まるんだよ。知らないのか？」

「泊まるって……ひと晩寝るんですかクルマで？　疲れませんか？」

「いやいや、むしろ今はそういうのが流行りで――」

世間知らずのご令嬢に、貧乏旅のレクチャーを始める僕。

あーあ。

気ままな一人旅のつもりだったのに。自由な旅に出るはずだったのに。

口うるさい後輩のおまけつきになっちゃったよ。

――ま、いっか。

JOURNEY.
5
北へ！

あっ！

——という間に当日である。

八月五日正午。快晴。

鉄鍋みたいなアスファルトにジュワアッと熱せられた我が八王子の気温は三十五度。コンガリいい感じに炒められちゃうんじゃないかって思えてくる暑さのなか、僕は長池公園へとクルマを走らせた。

東京の暑さって頭おかしい。

沖縄やハワイのほうが気温でいえば暑いに決まってるんだけど、向こうが「陽キャがゆかいにバーベキュー」な脳天気だとしたら、東京は「陰キャがブチキレて放火」みたいな頭おか。都民には頷いてもらえると思う。なお、八王子は東京じゃないという差別主義は却下する。

ああ——。

早く。北海道。

放火魔から逃れて、爽やかな風とひとつになりたい。

公園の緑と住宅街の白い壁に挟まれた道路を進むと、木陰の落ちる歩道の際に、銀色で縁取られた女の子の姿が見えてきた。

強烈な陽射しのなかにあってなお、そこだけ光輝いて見える。

歩道にクルマを寄せて窓を開けると、鮎川あやりははにかむように笑った。

「こんにちはせんぱい。暑いですね」

「こ、んにちは」

麦わら帽子をかぶり、白いワンピースをまとっている。

ほっそりとしたシルエットを包む白い輪郭。

銀色の髪に乗っかった小麦色は、黄金の冠のようにも見える。

純白の裾がひらひらと風にはためき、覗く脚の細さを強調していた。

……驚いた。

そんなベタな格好で来るとは思ってもみなかった、普通だなあ——というのは正直嘘で、北海道を二人で走るのをイメージしていたここ数日、僕の脳内で後輩は確かにこの服装だった。あんまり想像通りの服装で来たので、驚いたのである。見とれていたわけではない。念のため。

「せんぱい？　どうしたんですか？」

「ん？　ああいや、なんでもない。こんにちは」

「？　はい、こんにちは」

「暑いなあハハハ」

「……はあ」

後輩は大きなボストンバッグふたつを足元に置いている。

「貸せよ。後ろ開けるから」

「ありがとうございます」

ずっしりとした後輩のバッグをトランクに詰め込んだ。僕の荷物はコンパクトなのに。女の旅行は男の二、三倍は荷物がいるって、前に雫さんが言ってたっけ。

トランクを閉めると、助手席でメイクを直している後輩の後ろ姿がウインドウ越しに見えた。音で気づいたのか、道具をさっとポーチの中にしまい込む。きっと女の子って、男の見えないところでこういう手間をたくさんかけてるんだろうな。

僕はこれから「女の子」と旅に出る。

そういう実感がふいに湧き上がって――なんだか、胸のあたりがざわざわした。

運転席に戻ってシートベルトを締めた。後輩はもう締めている。ちらっと横顔を見ると、頬が少し硬い。後輩も緊張してるんだろうか。

「冷房大丈夫か？」

「あ、ちょうどいいです」

「寒かったり暑かったりしたら言ってくれ。――じゃあ、行くか」

「よろしくお願いします」

ハザードを消してクルマを発進させる。昼間の住宅街は閑散として、周囲に人もクルマもいない。僕と後輩の夏旅はとても静かにスタートした。

「大洗までの道順は頭に入ってますか？」

「そりゃあな。あれだけ予習させられたら、誰だって」

あの吉祥寺での一件から二週間、僕らは毎晩のように通話して旅の打ち合わせを重ねてきた。

「きっちりスケジュールを立てて」という後輩と、「気分まかせの風まかせ」という僕。まるで話がかみ合わず、何度となくスマホ越しに戦いが勃発したのであるが——正直に言おう、とても楽しかった。たとえばラーメン。「札幌についたらまず味噌ラーメン食おうな」「塩がいいです」「いや味噌だろ。札幌つったら味噌だ」「塩」「いや味噌だって」「塩」。真顔で表情を変えずに塩塩言う後輩が面白すぎた。

一人の自由に勝るものなんてないと思ってた。

誰かと旅の計画を話し合うのがあんなに楽しいなんて——。

「せんぱい。次は右折じゃなくて左折です」

「あ」

右に曲がる気満々だった僕は、意識を左に傾けて車線変更した。

「本当に大丈夫ですか？」

「だ、大丈夫だって！　大まかにはわかってるから！」

後輩の冷たい視線を頬に感じる。

「せんぱいを一人で行かせなくて、本当に良かったです」

「だから、今のはたまたまだってーの！」

「何か邪なことを考えていたんでしょう？　やっぱりわたしが見張ってないといけませんね」

ツン、とすまして言いやがる。くそっ。こいつの中で、僕はひとりじゃ何もできない赤ちゃんってことになってるのか？

――と。

そんな後輩の横顔からは、いつの間にか硬さが取れている。

僕の緊張もどこかへ消えて、アクセルを踏む足が軽くなっている。

いつものケンカができたおかげで、心がほぐれたみたいだ。

「今日は本当に綺麗な青空ですね。雲ひとつありません」

「ああ。最高の出発日和だ。高尾山の時といい、僕は晴れ男なのかもしれないな」

「わたしが晴れ女なのかもしれませんよ？」

「じゃあ、ダブルで超晴れてるってことで」

僕が笑うと、後輩もつられて肩を揺らした。

◆

クルマは北東に向かって進む。

野猿街道をひた走りひた走り、国立府中料金所から中央自動車道へと乗り入れる。ここからは高速だ。強くアクセルを踏み込む。シートに押さえつけられるGがとても心地よい。

心地よすぎた。

高速道路って速度が一定。景色も単調。

曲がり角も信号もない。道も空いていて周りにクルマもいない。

すると、どういうことになるかというと――。


「……ね……ねむい……」


なんだか、急に眠気が頭をもたげてきた。

「えっ。まだ一時間しか経ってませんよ」

「ゆうべ、今日が楽しみすぎてあんま寝れなくて」

「遠足前の小学生ですか」

十分な睡眠を心がけたつもりだが、寝ようと思えば思うほど寝れなかった。少し空が白み始めたころ、ようやく睡魔が訪れてくれたのだった。

「大丈夫ですか？　飴ちゃんなめます？」

「いや……なんかもう、それくらいじゃ無理……」

一度眠気を意識すると、マジでまぶたが重く感じる。居眠りするほどではないが、頭がぼーっとするのは止めようもない。

「お話ししましょう。実はこないだ、おとなりの猫ちゃんが子供を産みまして」

「ぬこ……にゃー……」

「ねっ、寝ないでください！」

珍しく後輩があわてている。……そうだ。後輩。今日は僕だけじゃない。もう一人の命を預かってるんだ。仲良く事故ってあの世行きなんてことになったら、こいつに一生（死んでるけど）頭が上がらない。シャキッとせねば。

「実は、こんなこともあろうかと」

後輩がとっておきの秘策のように言った。

「せんぱいの眠気を覚ます方法を、百個考えてきました」

「ひゃく……!?」

冗談だろと笑い飛ばすところだが、後輩の声はありえないほど真剣だった。

「その一、落語」

マジかよこいつ懲りてない！

「その二、タバスコシュークリーム」

作ってきたのかよ。普通のにしろよ。食いたいから。

「その三、つねる」

ようやく定番だが、今の勢いだと皮膚をねじ切られそうだ。

「その四、歌う」

……歌う？

「お前、歌うまいの？」

「はい。幼稚園のとき、あやりちゃんは大きな声で歌えてえらいねって褒められたことがあります」

「昔！」

不安だ……。

やっぱり、後輩の真面目さはどこかネジが外れている。飛び抜けて頭が良いやつにありがちなアレでソレなのかもしれない。

「それから、その五……」

「いやいや、もういい！　もういいから！」

次は何が飛び出すかわからない。パンドラの箱をこれ以上開けたくない。

「まあ、その中だと『つねる』かなあ」

「わかりました。どこをつねられるのが弱いですか？」

「どこって……」

声が怖いんですが、後輩さん。

「頰ですか？　腿(もも)ですか？　脇腹(わきばら)ですか？　おへそですか？　それとも」

「なぜお前に僕の弱点を教えなきゃいけないんだ⁉　絶対言わねえよ恐ろしい！」

ていうか。

なんか、こんなやりとりをしているうちに――。

「もう、眠気、どっかに行っちゃったわ」

「……そう、ですか」

助手席から身を乗り出すようにしていた後輩は、しゅーん、と元のポジションに戻った。

「つねらなくて大丈夫ですか？」

「やめてくれ。逆に事故りそうだ」

「歌も？　歌わなくてもいいんですか？　本当に大丈夫なんですか？」

「……。もしかして歌いたかった？」

「…………………。いいえ、別にっ」

ぷいっ、と後輩はそっぽを向いてしまった。

……歌いたかったのか……。

何を歌うのか、どんな歌なのか、聴いてみたかった気もするが。

またしても後輩の新たな一面を知ってしまった僕であった。

◆

ＳＡの駐車場で仮眠を取った。

後輩は席をはずしてくれたので、僕は運転席を倒して思いっきり眠ることができた。といっても十五分程度なのだが——うん、頭スッキリ。体感で三時間くらい寝られた気がする。

外に出て大きく伸びをして、深呼吸する。

トイレで顔を洗って頬を叩けば、もうすっかりおめめパッチリである。

クルマのほうへ歩いてくと、ちょうど後輩も戻ってきたところだった。右手には缶コーヒー、左手にはアイスクリームを持っている。

「ちゃんと休めました？」

「ああ。ばっちり」

駐車場のはずれ、木の柵の上に二人で座った。

後ろは斜面になっていて、ごみごみとした都会の町並みが眼下に見渡せる。明日にはここを抜け出して大自然の中にいると考えると、なんだか不思議な感じがする。

「短時間の昼寝でもかなりの休息効果がありますからね。はい、コーヒー。微糖で良ければ」

「おっ。さんきゅー」

昼寝で火照った身体にアイスコーヒーが死ぬほど美味い。染み渡る。喉が鳴るのが止まらない。あっという間に飲んでしまった。

後輩はアイスクリームをお上品になめている。自販機でしか売ってない十七歳のやつだ。チョコミント。チョコチップがまぶされた爽やかな水色がいかにも涼しそう。

「うまそうだなー」

「はい。百四十円でした」

なんかそんな感じの答えが返ってくるだろうなとは思っていたが、もちろん小売価格が知りたかったわけではない。

その気配に感づいたのか、後輩は大事そうにアイスを隠すようにして身を翻した。

「なんですか。あげませんよ？」

「誰もくれとは言ってない」

「いいえ。そんな雰囲気を醸し出してました」

「食べたいけど一個は食えないんだよなー、ひとくちでいいんだよなー、と思っただけだ」

「くれって言ってるじゃないですか」

「いや違うんだっての」

濡れ衣である。そんな卑しいことは考えていない。ただ、後輩がもし百年に一度の気まぐれを起こして「ひとくちあげます」というのなら、それを断る理由は僕にはないな、というだけで。

やいのやいの言い合ってると、地響きのようなエンジン音が聞こえた。覚えのある音に思わず振り返ると、ライムグリーンのでっかいバイクが駐輪スペースにズドンと停車した。

黒いライダースーツの女性。

メットを取って首を振り、赤い唇を軽く突き出して息を吐く。

栗色のショートヘアが陽光のなかで小気味良く揺れた。

「雫（しずく）さん⁉」

「まさかと思ったけど、やっぱり青少年か。こんな目立つ色のクルマ、そうそう走ってないからね。今日出発だったんだ？」

「はい！　今から大洗です。雫さんは？」

「あたしはいつものツーリング。首都高ぐるっとまわって、愛車（このこ）のご機嫌（きげん）取りをね」

涼やかに微笑（ほほえ）むと、雫さんは後輩に目をやった。

「一人旅って聞いてたけど、その子は？」

「鮎川あやりです。はじめまして」

後輩はぺこりと頭を下げた。それから僕に横目を使い「この綺麗な人は誰なのですか」と目で訴えかけてくる。なんか目つき怖いんですけど。

「崎山（さきやま）雫さん。うちの店でバイトしてくれてる人だよ」

「そ。ただのバイトです。よろしくねあやりちゃん。銀髪、すごく綺麗だね」

「……どうも」

浮かない顔で頷く後輩。「ただのバイト」の言い方に妙なニュアンスがあったのは、なんだろう。

すると雫さんは何か思い当たったように手を打って、

「あぁなるほど。その子が、前に君が言ってた『敵』なんだ？」

「あ、ええと……まぁ」

本人の前で気まずいが、頷くほかはない。

雫さんは「ふうん」とうっすら笑みを浮かべながら、僕と後輩をかわるがわるに見た。

「どこが敵なんだろ。あたしには、彼女さんにしか見えないんだけど？」

体温が急激にあがって、どっと汗が噴き出した。

「あ、あはは……雫さん。またまた、そんな」

「遠くから見えたよ。なんかバカップルがいちゃついてるなーって思ったら、まさか青少年だったとはね」

顔から火が出る、とはこのことか。

もう、めっちゃ恥ずかしい。叫んで走って逃げ出したい。憧れの女性から、そんな風に見られたなんて。バカップル。よりにもよって後輩との仲をそんな風に見られてしまうなん

て……いや、信じがたい。受け入れがたい。何かの見間違いのはずだ……。

なあ後輩、なんとか言ってくれ——と隣を見れば、もう、こちらもひどい有様だった。両手で顔を覆って、ふるふる、けいれんするみたいに首をずっと振り続けて。アイスはコーンごと地面に落下し、どろっと溶けて、さっそくアリさんたちの餌食になってる。

「それじゃご両人、道中気をつけてね」

軽く手を振ると、雫さんはメットをかぶりなおして愛車にまたがり、お手洗いにも自販機にも寄らずに行ってしまった。……え、何しに来たんだあの人。まさか僕らをからかうためだけに寄ったのか？

遠ざかる爆音の後ろ姿をぼけっと見送っていると、後輩がブツブツつぶやいているのが聞こえた。顔はまだ覆ったままでしゃがみこんでいる。

「このわたしが……せんぱいの彼女さん……。く、屈辱ですっ、屈辱ですっ」

「それはこっちの台詞だ」

「いいえわたしの台詞です。なんですか、そんな顔を赤くして。みっともない」

「は、はあ⁉　赤くなってねーし！　お前のほうこそ耳まで真っ赤だし！　顔隠してもバレバレだし！」

「……っ。これは、夕陽のせいです」

「まだ二時前なんだが⁉」

そう、まだ二時前である。

夏旅の初日はまだ始まったばかり――で、これだよ！

◆

どこまでも続く高速を、クルマは走る。

東京都を飛び出し、千葉をかすめて埼玉を突き抜け、茨城へと至る。「いばらぎ」と発音して何度も後輩にたしなめられた。「いばらき、です」。いや知ってるよ？　知ってるんだけど、最初に間違えて覚えたせいで、ついつい言い間違える。だって「天城越え」の「城」は「ぎ」じゃん、と言ったら、「天城越えってなんですか？」と怪訝な顔をされた。あの名曲を知らないとは……今度こいつとはカラオケで決着をつけねばなるまい。

東へ、東へ、沈む夕陽を背負って走り続ける。

太平洋に向けて。僕らの船が待つ港へ向けて――。

「見えてきましたよっ」

上擦った声で後輩が言った。

ああ、僕の目にも見えている。雲の感じで彼方（かなた）が海だとわかるその場所に、赤い煙突のようなものが突き出ている。僕らを愛車ごと北へ導いてくれるフェリー「さんふらわあ」の勇姿だった。近づくにつれて、その大きさがググッと迫ってくる。でっかいタワーマンションが波止場に寝そべっているかのようだ。

いったんクルマを停めて乗船手続きをすませた。支払いはネット予約の時点で後輩のカードで終えている（もちろん僕の料金は後で渡した）ので、端末でチケットを発券するだけだ。クルマごとフェリーに乗るのは運転手だけで、同乗者は徒歩で乗船する決まりらしい。

チケット売り場から、先に乗船するクルマの列が見える。

赤い誘導灯を振る係員の指示に従って進み、陸との間に渡された鉄板をがっこん言わせながらフェリーの中へ入っていく。

……やっぱい。

わくわくしてきた。

この、空母に着艦する戦闘機みたいな感じ。

漢（おとこ）のロマンが否応（いやおう）なく刺激される。「こちらウィザード01。これより着艦する」とか言いたい。いや、乗るとき絶対言おう。

隣の後輩も瞳（ひとみ）を輝かせている。

「なんだか、わくわくしますね」

「おお……。お前にもわかるか、このロマン」

「はい。クジラさんのおなかに飲み込まれていくみたいです」

ずるっ、とコケそうになった。これじゃ着艦失敗だ。くじ……クジラさん？　なにそのメルヘン。僕のロマンが台無しだ！

「お前とはいずれケリをつけなきゃならないなぁ、後輩ぃ！」

「何いきなりキレてるんですか？」

そんな小規模な戦(いくさ)がありつつも、僕はクルマに乗り込み、指示された場所にクルマを停めた。

空母ｏｒクジラの中はまるで迷路だ。誘導員がいなければ確実に迷う。どこに停めたかを示すカードをもらったので、落とさないようにしないと。

駐車場からエレベーターに乗って、客室がある五階で後輩と合流する。

そこはまるでタイタニックのようなゴージャス空間――というほどではなく、やたら長くて細い通路の左右にずらっとドアが敷き詰められた、いかにも「船！」って感じの空間だった。

僕はこの方が「船乗ってるわー」感があっていいんだけど、良いとこのご令嬢である後輩の反応やいかに？

「素敵ですね。すごく、船旅してる感じがします」

あ、好評だ。良かった。

さて、僕らの部屋は当然別々である。

僕の客室はツーリスト。いわゆる「雑魚寝部屋（ざこねべや）」だ。大部屋を個別にカーテンで仕切っただけの仕様で、マットレスを敷いて寝る。フェリーといえばみんなが思い浮かべるのはこれだろう。ただ寝るだけの部屋だが、なんといっても値段が安い。

後輩が泊まるのはコンフォート。こちらはカプセルホテルみたいな個室を割り当てられ、テレビとベットつきである。まあ女の子だし、雑魚寝はまずい。

もっと上のスーペリアやスイートといった高級ホテル並の部屋もあるのだが、お値段もそれ相応である。

「お前ならもっといい部屋泊まれたんじゃないのか?」

「初日からそんな無駄遣（づか）いしてどうするんですか。路銀（ろぎん）は大切にしないといけませんよ」

路銀って。時代劇かよ。

「なんていうか、お前の発想って独特だよな。クジラさん、とか」

「着艦失敗しそうになった誰かさんよりマシです」

「……っ。なぜ、それをっ」

思わずうめいた僕を見て、後輩は微笑みを浮かべる。

なんだこいつ、僕の心が読めるのかっ⁉

◆

ロッカーに荷物を置いて、僕らはすぐ食堂に向かった。

もう腹ぺこだったし、早くしないと売り切れるメニューがあるとネットにあったのだ。今日のメインはキムチ鍋、カレイのパン粉チーズ揚げ、デミソースハンバーグ。この三つのうち一つを選び、ご飯サラダ味噌汁ドリンクはバイキング形式である。

「僕はハンバーグにする」

「では、わたしも」

先に僕が食券機に並び、タッチパネルで食券を購入した。

続いて後輩が機械の前に立ったが、何やらまごついている。

「なんか、押せないです」

横からパネルを覗き込むと、さっき僕がタッチした「デミソースハンバーグ」のボタンが暗くなっていた。

「これって売り切れたんじゃないか？」

「えっ。せんぱいの分でですか？」

後輩は焦ったようだった。後ろに人が並んでいるのでモタモタできない。あわててぺたりとボタンを押して、よりにもよって「キムチ鍋」が選ばれてしまい、毒々しい真っ赤な食券とお釣りがちゃりーんと戻ってきた。

「……キムチ……この暑いのに……きむち……」

食券を手に途方に暮れている後輩の肩を、僕はぽんと叩いてやった。

「いやあ、あはは。残念だったなあ、後輩クン？　この真夏にキムチ鍋とは。我慢大会かな？」

「な、なぜわたしがこんな目に……」

「いやあ神様はちゃんと見てるんだなあ？　昼間、チョコミントを独り占めしたあげく、アリに食わせてしまった愚か者はどこの誰だったかなあ？　ハハハ！」

ものっすごい史上最恐の目つきでにらまれたが、華麗にスルーして食堂に入った。僕はデミグラスソースのかかったハンバーグの鉄板を意気揚々と受け取り、後輩は鉄鍋で煮えたぎるカラッ辛のキムチ鍋をこわごわと受け取って、窓際のテーブル席に陣取った。

窓から海を眺めようと思って、この席にしたのだが――。

「なんか、薄暗くてよく見えないな」

「ですね」

暗い海はマジでなんの風情もない。ただ塗りつぶされた「黒」である。もっと月が高く昇れば風流かもしれないが、この時間では中途半端だ。後輩はちょっとがっかりした様子で、窓の外をじっと見つめている。

まあ、今は風流より食い気だ。さっそくハンバーグを箸で切って白飯とともにかきこんだ。ナイフとフォークも取ってきたんだけど、面倒くさくなってしまった。

一方、後輩はトマト多めにしたサラダをちびちびと食べている。

キムチ鍋に手をつける様子はない。もしかして辛いの苦手なんだろうか？　……ああ、だから味噌じゃなくて塩なのか？

……しゃあねえなあ……。

「そういえば、父さんが言ってたな。暑い時に熱いモノ食うのが一番美味いって」

「えっ？」

「というわけで、よこせ。これは代わりにくれてやる」

返事を聞く前に、鉄板を後輩の前へ押しやった。代わりにキムチ鍋を引き寄せて、スプーンですくって汁を飲んだ。

「辛っ。……あ、でもけっこう美味いわ」

強がりではなく、本当に美味かった。美味いのだが、まぁ、夏に食うものじゃない。美味いけど熱い。てか暑い。僕はふうふう汗をかきながら、ひたすら真っ赤な鍋と格闘した。

後輩が申し訳なそうに言った。

「大丈夫ですか？」

「ああ。お前も早く食えよ。……あ、僕の食べかけは嫌だった？」

後輩はふるふると首を振った。

「いいえ。――いただきます。せんぱい」

　僕が使わなかったナイフとフォークで、綺麗にハンバーグを切り分けていく。流れるような所作だ。テーブルマナーなんか何も知らない僕の目にも綺麗に映る。やっぱりお嬢様なんだな、と実感してしまった。

　庶民の僕は野獣のようにキムチを頬張りつつ、

「ふぉうひへば、ほうはい」

「食べながらしゃべらないでくださいよ。……なんですか？」

　ごっくんと飲み込んで、

「明日の朝、早起きしてさ。デッキに出て海見ようぜ」

「朝にですか？」

「今は海見えないけど、朝なら綺麗に見えるだろうし。運が良ければイルカの群れが見られるんだってよ」

「イルカさん……っ？」

　後輩の目がきらんと輝くのがわかった。こいつ、クジラだけじゃなくて、たぶん動物全般好きなんだな。いちいち「さん」づけだし。

「それは良いですね。ぜひ見ましょうっ」

「おう。遅刻しないようにな」

「……せんぱいに言われるとは思いませんでした」

後輩は呆れたように笑った。ううん、怒ると思ったんだけどな？ 意外に柔らかなリアクション。……いや、単に呆れかえってるだけなのかもだが。

ともかく、ご機嫌なのは間違いないようだ。

◆

さて、ひとっ風呂浴びよう。

後輩と別れて部屋で食休みした後、六階にある大浴場に行ってみた。

狭い通路がアリの巣のように張り巡らされた僕の客室エリアとは違い、このエリアは絨毯が敷きつめられて広々している。大きめのソファや自販機が置いてあり、風呂あがりの乗船客が思い思いにくつろいでいた。

男湯の暖簾をくぐり、服を脱ぎ、湯殿に足を踏み入れる。

おお、けっこう広い！

しかもなんか展望窓ついてる！

海が見える風呂だ！

……まぁ、やっぱり夜だから真っ暗なんだけど。

髪と体を洗って大きな湯船にざぶんと浸かる。ほーっとため息をつけば、運転の疲れがとろ～りお湯の中に溶けていった。

「……ふう」

初日だっていうのに、イベント満載な一日だった。

ただ高速に乗っただけだというのに、眠気に雫さんにクジラさんにキムチ鍋。盛りだくさん。

まったく、鮎川あやりは知れば知るほど変わったやつである。学校での印象とはまるで違う。

逆にいえば、今までは何も知らなかったということなんだろう。

お茶目というか。ドジっ子というか。

「……実はいろいろ抜けてるんだよなぁ……」

少し離れて浸かっていたナミヘイヘッドのおっさんが「ん?」みたいな顔で振り向いた。軽く会釈(えしゃく)する。あなたのことではありません。

まあ、面白いやつではある。

一緒にいて退屈しないというのは、旅の道連れとしての長所だよな――なんて。

気づいたら、後輩のことばかりだな。

ちょっと前の僕からは考えられない。

僕の夏旅の思い出イコール、後輩との思い出ってことになるのだろうか。

二人で旅するっていうのは、こういうことなのか。

僕は戸惑っている。

自分の夢が、こういう形で変化するとは思わなかった。

夢が変わり、僕が変わる。

……なんだかちょっぴり、ほろ苦い。

風呂から上がり、真新しいTシャツに袖（そで）を通して暖簾を出ると、ちょうど女湯から後輩が出てきたところだった。


「せんぱいも、入ってたんですね」


後輩ははにかむような表情をして、体の向きを斜めにした。服を見られるのが恥ずかしいのだろうか。白い無地のロングTシャツにショートパンツ。なんてことはない、普通の部屋着だ。そのぶんスタイルの良さが際立（きわだ）って、ものすごく目立っている。周りでくつろいでいた客たちの視線が、後輩に集中していた。

なんだか別人のように見えて、僕は何度も瞬きする。

淡く火照ったピンクの頬と、露をまとった銀髪に目を奪われて――。

「お風呂、広かったですね」

「……おう」

ほんのりと微笑むその顔から、僕は目を逸（そ）らしてしまった。

「そうだせんぱい。見てください。これ」

後輩は左腕の袖をまくってみせた。

真っ白で柔らかな二の腕に、また目が吸い寄せられる。

「それから、こっち」

今度は右腕をまくる。

比べて見ると、左腕はほんのり浅黒い。

「助手席に一日じゅう乗っていて、日に焼けたんですよ。左腕だけ」

「ああ、窓があるから」

「せんぱいも比べてみてください」

僕は左右の袖をそれぞれまくってみた。

「右の方が焼けてるな」

「でしょう？　せんぱいは運転席だから、右腕なんです」

後輩は少しはしゃいでるみたいだった。まるで大発見を成し遂げた探検家のようだ。無邪気。

後輩を子供っぽいと思ったことはあるけど、無邪気と思ったのは、これが初めてだ。

「じゃあせんぱい。おやすみなさい」

「……おやすみ」

すれ違う瞬間、シャツの襟元（えりもと）から覗く鎖骨が視界をかすめた。

ほんの数センチ先の肩に、湿った体温とシャンプーの匂(にお)いを感じる。

じろじろ見たら駄目だ。

視線が追いかけそうになるのを、意志と意地の力でねじ伏せた。何、見てるんだ。こいつは年下、後輩だぞ。僕の好みは年上だろ。だいいち、じろじろ見たら失礼じゃないか。必死に言い聞かせる。

——と。


「せんぱい」


後輩が振り返った時、思わず飛び上がりそうになった。

見てない、見てません、そんな言い訳が口から出かかった。

「明日の朝、何時に待ち合わせします？」

「え、えっ？」

「朝の海、見ようって言ってたじゃないですか。イルカさんが見られるかもって」

後輩は不思議そうに首を傾(かし)げた。その仕草(しぐさ)がまた……いや、もう、やめよう。

「じゃあ、朝七時に展望デッキで」

「了解です。……ふふっ。遅刻厳禁ですよ」

イルカがそんなに楽しみなのか、後輩はにこにこしている。やっぱりはしゃいでいるのだろうか。

銀色の髪が立ち去った後、僕は空いているソファに深く腰を下ろした。のけぞるように、フェリーの低い天井を見上げる。落ち着かない感情を持て余して、ひたすらぼうっとした。しばらくそうしていた。

……本当に。

今日はまた、後輩の新たな一面をたくさん知ることができた。

後輩とすごす時間が増えるたびに、共有体験が積み重なるたびに、僕の後輩への気持ちは少しずつ変わっていく。

この旅が終わった時、僕はどう変わっているだろう。

僕らは、どうなっているんだろうか。

◆

約束の七時より、三十分早く目が覚めた。

ゆうべは疲れていたのになかなか寝付けなかった。僕の部屋はテレビもないし、ネットもいまいち接続が悪い。何もすることがなかったのだが、頭をよぎることが多すぎて、退屈はしなかった。

「……んー……」

のそのそと起き出して、洗面所で顔を洗う。

そのまま立ち去ろうとしたけど、なんだか気になって、髪型を直しに鏡の前に戻った。寝癖（ねぐせ）をぎゅっと手で押さえつけた。……駄目だ。ぴょこん、と跳（は）ね起きてしまう。無駄な抵抗は止めて、洗面所を後にした。

なんで髪型なんか気にしてるんだ、僕……。

階段を使って六階に上がり、ゲームコーナー横の扉から展望デッキに出た。

びゅっ、と潮風が吹き付けてくる。

陽射しがきらきらとまぶしい。

真っ青（まさお）な空と、銀色に光る波とが、僕の目の前に広がっていた。

海。

うーみー！

と、叫びたくなった。海。昨日はろくに見られなかったから、感動だ。ここはどのへんなんだろう？　もう津軽海峡に入っているのだろうか。

もっとよく見ようと白い柵のほうへ歩いていくと、そこに細い人影があった。銀色の髪を潮風にあそばせながら、柵に両手をついて海に見入っている。

「せんぱい。おはようございます」

「おはよう」

後輩はナイロンのウインドブレーカーを羽織っていた。ビッグサイズで、袖が余っているのをちょこんと握りこんでいる。「萌え袖あざといッスね後輩さん！」みたいなことを、いつもの僕なら言ったかもしれない。が、今朝は何故かそういう気持ちが起きなかった。

「昨夜はよく眠れました？」

「んー、あんまりかな。お前は？」

「まだちょっと、眠いかもしれません」

「苫小牧到着は午後一時半だから、朝飯の後でひと眠りしようぜ。ドライバーとナビが両方居眠りなんて、洒落にならないし」

後輩は頷いて、視線を再び海原へと移した。

「イルカさん、来てくれませんね」

「運が良くないとなあ。ていうかお前、ずっと前から見てたのか？」

「十五分くらい。海がとても綺麗だし、潮風も気持ちいいので、退屈しなかったです」

後輩の隣に並んで、船の進行方向の海を見つめた。まだ陸地は見えない。うっすらとした雲をバックに海鳥が羽ばたいている。

「あっちが北海道ってことだよな」

「そうですね。この海域は津軽海峡でしょうか」

「あと六時間もしたら、いよいよ北の大地に上陸だ」

後輩は頷いた。

「ようやく、せんぱいの夢が叶うんですね」

「もう、かもしれないけどな」

小四の時に抱いた夢。

それが「ようやく叶った」のか、それとも「もう叶った」のか。まだ実感はわかない。

「ていうか、上陸したら満足ってわけじゃないからな。北海道を骨の髄まで楽しんで、ラベンダー畑見て、お前を函館まで連れて行く。そこまでやらないと」

「はい。ここからがスタートですね」

「そういうことだ」

夢のスタートライン。

そこに僕は立とうとしている。

いつかこんな日が来るとは思っていたが……。

「その助手席に、まさかお前がいるとはなあ」

「意外ですか?」

「意外すぎるわ。スーパーの駐車場でお前に見つかった時、こんな展開になるなんて思ってもいなかった」

「わたしも、思ってなかったです」

後輩の唇が笑みの形を作った。

あれから、僕らは意外に意外を重ねてきた。敵同士だった僕らが、一緒に旅に出るなんて。呉越同舟なんて言葉があるけれど、まさか同じフェリーに乗っているなんて。

「そうだ。まだ、お礼を言ってなかった」

「お礼？」

「鬼瓦(おにがわら)先生からは口止めされてたんだけどさ。免許取得許可の校則のこと。学校に掛け合ってくれたんだって？」

「――ああ」

後輩はなんでもないことのように首を振った。

「あれは矛盾(むじゅん)した校則ですから、正すのは当たり前です。特にせんぱい一人のためというわけではありません」

「それでも、礼を言いたいんだ。本当にありがとう。鮎川」

ちゃんと彼女のほうを向いて、しっかりと頭を下げる。

「――らしくないですね、もう」

後輩はぷいっと海のほうへ顔を背(そむ)けた。

「今ので、イルカさん見逃しちゃったかもしれないじゃないですか。どう責任とってくれるんです？」

「その時は、また連れて来てやるよ」

言ってから、「何言ってるんだ僕」と焦った。こんなキザな台詞、僕のどこから出てきたんだ？　つめたーい目をしてにらまれて「どこのイケメンさんでしょうか？」なんて皮肉られるのがオチだ。

だけど、今日の後輩はそうじゃなかった。顔を背けたまま「期待しないで待ってます」と言った。待ってるのかよ。いや、期待はしないのか。「期待しないで」「待ってる」。なんて微妙な返答。どう受け取っていいのか、迷う。

「せんぱい。ひとつ聞いてもいいですか？」

「うん？」

「せんぱいが夏旅に出る理由。風紀委員室では『二つある』って言ってましたよね？　ひとつはラベンダー畑の思い出——なんでしょうけど、もうひとつは何だろうって。お父さんとの思い出と同じくらい大きな理由が、他(ほか)にあるんですか？」

僕は頰をかいた。

「イヤそれは、まぁ……」

正直、言いたくない。

恥ずかしい思い出がもとになっているから、人に話したくはないのだ。

しかし、ここまでついてきてもらったのに誤魔化すっていうのも不義理だろう。

潮風を胸いっぱいに吸い込んで、覚悟を決めた。

「去年の夏休みのことなんだけど」

「えっ？」

「ナンパ野郎に絡まれてる女の子を、かっこよく助けようとしたことがあったんだ」

後輩が大きく目を見開いた。

「いやもう、マジで全然上手くいかなくてさ。ナンパ野郎を颯爽と叩きのめすつもりが、にらまれた瞬間にびびっちゃって、女の子を連れて逃げるしかできなかった。熱帯夜、汗まみれで息も絶え絶えに走ってさ。おまけに道に迷って、女の子とはぐれちゃって。もう助けたんだかなんだかわかんなくなって。思い出すのも嫌なくらい、恥ずかしい思い出なんだけど」

今でも顔から火が出そうになる。

かっこつけようとしてつけられない、トホホでヘタレなあの時の僕。

「その時、女の子に言ったんだ。『ここじゃないどこかへ』『いつか必ず行ってやる』って。なぜか、かっこつけちゃったんだよなあ。……けっこう、可愛い子だったから」

「えっ」

後輩が大きく体を動かした。むき出しの白い膝を鉄柵にごん、とぶつける。痛そうな音がしたが、気にするそぶりもなく、僕を見つめている。

なんでそんなリアクションするのかわからんが、ともかく、

「これ以上、あの夜の自分をかっこ悪いやつにしたくない。女の子の前で言ったこと、破りたくないんだ。——ま、そういう感じかな」

後輩は呆然と立ち尽くしている。なんだかものすごく驚いている。僕にそういう経験があるのが意外だったのだろうか。そして膝は平気なのだろうか。

と、その時である。

「——あっ」

僕は声をあげた。

「後輩、ほらあそこ」

「えっ？」

そこには——。

僕が指さす先を、後輩が振り向く。

「あそこだよ！　背びれが二つ！」

「——わあっ」

後輩は大きく開いた口を両手で覆った。

飛沫をあげては潜り、あげては潜りを繰り返す二つの影が、海原を行くフェリーに並走していた。きらきら光る波間に交じって、ツヤツヤとした背びれが一定のリズムで舞い上がる。まるで波を鍵盤に見立てて狂想曲を奏でるように跳ね回る。北へ北へと、僕らを導くみたいに泳いでいく。

しばらく僕らは、その軽やかなダンスに見入っていた。

「二匹だけのイルカって、珍しいんじゃないかな」

「群れで行動するっていいますからね」

「仲間とはぐれて、二人旅してるのかもな」

そう。まるで誰かさんたちみたいに。

学校や家庭という枠にはまれず、はまらず、はみ出して。

二人だけで、旅を――。

「せんぱい」

「ん?」

「これからの夏旅、よろしくお願いします」

急に真面目くさっていうものだから、噴き出してしまった。

「いや、なんでこのタイミング?」

「なんとなくです」

「なんとなく。うん、わかるけどさあ――」

こいつのこういうところ、嫌いじゃないかもな。僕。

二匹のイルカはいつの間にか見えなくなっていた。フェリーから離れていったのか。あるいは深く潜ったのか。あいつらは自由だ。どこへでも行く。気まぐれに、帰りのフェリーでも姿を見せるかもしれない。そんな奇跡があればいいと思う。

「さ、中に入って朝飯食おうぜ。今度は売り切れないうちに」

「はい」

僕らは並んで歩き出した。

「ところでせんぱい」

「ん？」

「その助けた女の子、そんなに可愛かったんですか？」

「えっと、まあ、暗くてよく見えなかったけど、多分」

「どのくらい可愛かったですか？」

その声は、らしくないほどうきうきと浮き立っていた。

「なんでそんなの知りたいんだよ」

「いいから答えてください。どのくらい？　せんぱい的にAからEでどのランクですか？　雫さんより可愛いですか？　その子のこと、時々思い返したりするんですか？」

「いや、ちょっと……」

「答えるまで聞きますから。さあ、白状してくださいっ」

こうして——。

朝ご飯のあいだじゅう、僕は恥ずかしい過去をさんざん弄くり回されたのであった。

EPILOGUE.
NATSUTABI
WE ARE ON A JOURNEY NOW
IN A SMALL CAR

運転席の僕。

助手席の後輩。

クルマの中で僕らはじっとその時を待っていた。

じりじり、じりじりと前のクルマが進む。

そのたび、ちょっと進んで。止まって。

何台も連なるテールランプと誘導員の赤色灯の彼方に、白い光が見える。船外の光だ。北の大地の輝きだった。

気が逸る。

安全第一とわかっちゃいるけど、順番なのだとわかっちゃいるけど、一気にアクセルを踏み込みたい衝動にかられてしまう。もう、目の前まで来ているのだ。夢にまで見た北海道。あと、ほんの数メートル先に。

気をまぎらわすために、助手席に声をかけた。

「後輩、体調はどうだ？」

「右膝が痛いです」

今ごろ！

「さっき湿布を貼ったので問題ないと思います。せんぱいは？」

「ああ。愛車も僕も快調だ」

「——では」

右前方に立っていた誘導員が大きくゆったりと赤色灯を振った。前のクルマが加速する。待ってましたと、僕もブレーキペダルを緩(ゆる)める。クルマがゆっくり加速していく。まぶしい光の中へ突入していく。

「来たぜぇぇぇぇぇぇぇぇぇ、北海道ッッッ！」

隣の雪女がどんなしらーっとした顔をしようと、上陸の瞬間は叫ぶと決めていた。

後輩はぱちぱちぱちぱちと拍手している。いつもとそんなに表情は変わらないが、やたらウンウン頷(うなず)いているところを見ると、こいつなりに喜びを表現しているのだろうか。

「いやあ、来たな！　後輩！」

「来ましたね。安全運転でお願いします」

「わかってるって！」

姿勢を正し、ハンドルを握り直す。北海道の道路を走れる。その興奮に手が震えている。

ウインドウを全開にして、車内に飛び込む風を思いっきり吸い込んだ。

「苫小牧(とまこまい)もいいお天気ですね」

「えっ？」

「すごーく、いいてんきー！」

風の音にかき消されないよう、珍しく後輩が大声を出す。

「さあ、まずは札幌です。次の信号を左折してください」

「おお！　北海道最大の都市！　サッポロ一番！　行くぜ！　後輩！　いくぜ！」

「はいはい。いくぜっ」

やや嫌がりながらも、ノッてくれた。これはますます珍しい。さすが北海道、あの鮎川あやりのテンションまで上げてしまうとはっ。

いやあ。

ついに、ついに。

いやあ！

「いやあ、後輩！」

「なんでしょう？」

「いやあいやあ、後輩!!」

「なんですか？」

「大至急、ガソリンスタンド探してくれっっっ!!」

後輩の顔がさっと青ざめた。

「えっ？　えっ？　ガソリン、ないんですか？」

「ない！　かーなーりー、ない。メーターさん、もうギリギリまで行っちゃってる」

昨日のうちにサービスエリアで給油するつもりだったのに、チョコミントやら雫さんやらで、すっかり忘れていた。

うそだろマジで。

せっかくの夏旅が、男のロマンが、ガス欠から始まるなんて。

将来峰不二子みたいな美女と結婚した時、「俺、高校生の時に北海道クルマ旅してさあ」「……で、初っぱなからガス欠した」なんて語るのか？　台無しじゃん！

「嫌だあああああああああ！　それだけは絶対に嫌だッッッ!!」

後輩があわてた手つきでスマホを取り出す。

「ちょ、ちょっと待ってください。下船したばかりでこれは予測してなかったです。えっと……今が、ここだから」

「あああああ。心なしか、なんか、ぱわーが。ぱぅわがっ」

「お、落ち着いてくださいせんぱい。いざとなったら一緒にスタンドまで走りましょう」

「走る!?　脚で!?　無茶言うなお前！」

「あ、あの時は、わたしと走ってくれたじゃないですか」

「どの時だよ⁉」
「……っ、だから、あの時はあの時です！　せんぱいのばか‼」

と、まぁ。

北海道上陸とともに、初ゲンカをおっぱじめる僕ら。
これからの夏旅が、まことに思いやられる始まりであった——。

あとがき

「可愛い年下の女の子と、二人きりで、旅に出る。」

高校時代、そんな夏休みをどれだけ送りたかったことでしょう。

本作では、高校生が「クルマ」で北海道を目指します。

「今どきはクルマも免許も持ってない人が多いから、身近なテーマじゃない」
「そもそもみんな旅なんかしたくない。ご時世もあるし」
――というマーケティング的な否定材料はいくらでもありましたが、今回は踏み切りました。

自由に旅する少年と少女、その青春。
運転席と助手席の距離は、いつしか縮まって――。
ひと夏の、二人の恋と冒険を、楽しんでいただければ幸いです。

謝辞を述べさせていただきます。

成海七海（なるみななみ）さん。

透明感のあるヒロインと、夏の風景を見事に具現化してくださり、本当にありがとうございます。本作の世界観は、成海さんのイラストなくしては成り立ちません。

現担当のよてんさん。私が思いつく様々なわがままを通してくださり、本当に感謝しています。前担当のサトさん。またもや難易度の高い企画を通していただきありがとうございます。

Twitterにて4コマ漫画を描いてくださった、恭（きょう）さん。大！ファン！です!!　一緒にお仕事ができて幸せです。

素案の時からネタ出しに付き合ってくれて、アドバイスしてくれた同志Pさん。あなたのおかげで、本作は完成度マシマシになりました。ありがとう。

私は現在、TwitterとYouTubeチャンネル「ラノベ作家が何かをさけぶ」を更新しています。裕時悠示（ゆうじゆうじ）で検索、チャンネル登録とフォローいただけると、とてもとても喜びます。

それでは今回はこの辺で。

お付き合いいただき、ありがとうございました。

ファンレター、作品の
ご感想をお待ちしています

〈あて先〉

〒106－0032
東京都港区六本木2－4－5
ＳＢクリエイティブ（株）
GA文庫編集部 気付

「裕時悠示先生」係
「成海七海先生」係

本書に関するご意見・ご感想は
右の QR コードよりお寄せください。

※アクセスに発生する通信費等はご負担ください。

https://ga.sbcr.jp/

高3で免許を取った。可愛くない後輩と夏旅するハメになった。

発　行　　2022年4月30日　初版第一刷発行
著　者　　裕時悠示
発行人　　小川 淳

発行所　　SBクリエイティブ株式会社
〒106－0032
東京都港区六本木2－4－5
電話　03－5549－1201
　　　03－5549－1167（編集）

装　丁　　FILTH

印刷・製本　中央精版印刷株式会社

ISBN978-4-8156-1292-4
Printed in Japan　　GA 文庫

試読版は
こちら!

りゅうおうのおしごと！ 16

著：白鳥士郎　画：しらび

GA文庫

「名人になったら結婚してください」

　A級棋士となった神鍋歩夢、まさかの公開プロポーズ!?　その場に居合わせた八一たちは、友人として協力することに……。一方、あいはいよいよ初タイトル戦に臨む。相手は女流棋界の伝説、釈迦堂里奈女流名跡。激闘の中で明かされる釈迦堂の過去と、将棋界の裏面史。釈迦堂と歩夢。そして八一とあい。すれ違いを続ける二組の師弟は再び出会うことができるのか!?

「この山を……頂きを、超える!!」

　少女の決意が世界を変える。

　天辺目指して突き進む熱血将棋ラノベ、熱さ全盛の第16巻！

試読版は
こちら!